A COLHEITA FINAL

Revelação Tenebrosa

Antonio Pinto Ferraz

A Colheita Final

Revelação Tenebrosa

1ª Edição
São Paulo - 2013

Editor: *José Carlos Venâncio*
Coordenação: *Fernanda Carvalho da Silva*
Assistente de produção: *Adrianni Neves*
Revisão e projeto gráfico: *Adriana Gentil*
Capa e diagramação: *Francis Manolio*
Agente literário: *Andrey do Amaral*

CIP-BRASIL. CATALOGAÇÃO NA PUBLICAÇÃO
SINDICATO NACIONAL DOS EDITORES DE LIVROS, RJ

F431c

Ferraz, Antonio Pinto
A colheita final : revelação tenebrosa / Antonio Pinto Ferraz. - 1. ed. - São Paulo : Aquariana, 2013.
128 p. ; 21 cm.

ISBN 978-85-7217-171-7

1. Ficção brasileira. I. Título

13-05534 CDD: 869.93
CDU: 821.134.3(81)-3

26/09/2013 30/09/2013

EDITORA AQUARIANA LTDA.
Av. Mascote, 1568 – Vila Mascote
04363-001 – São Paulo – SP
Tel.: (11) 5031-1500 / Fax: (11) 5031-3462
vendas@aquariana.com.br / www.aquariana.com.br

SUMÁRIO

INTRODUÇÃO

Há quem afirme que Shakespeare reservava a seus vilões um especial apreço e afinidade.

Através deles, desvelava as minúcias da degradação moral e mental do ser humano, num arranjo e profusão de caracteres estranhos e singulares – além de dotá-los de aspectos de lucidez inesperados e caprichos arbitrários, sempre da maneira mais intrincada e profunda.

Para seus vilões, o autoengano era indesculpável e, quando manifestados, eles vinham embalados por uma dramática ambiguidade. Também não se deixavam tomar por motivações altruístas ou princípios morais irrenunciáveis. Eram mercenários obstinados; personagens capazes de gerar sentimentos contraditórios e, sobretudo, fraquezas.

Como complemento, eram banhados por uma luz sinistra, que exacerbava a noção proposital de que seus mundos interiores fossem complexos e misteriosos. Entretanto, nas entrelinhas, permeava a ressalva realista de que a vida seria sempre maior que a capacidade humana para compreendê-la. Estendia esse mesmo preceito também para a morte.

Seu maior desafio era contar uma boa história, com tramas e subtramas e, através dela, flagrar a essência deste mundo.

Talvez por isso, ao ler Shakespeare, parece que conhecemos cada um dos personagens, e compartilhamos sua visão, não com frio distanciamento, mas com emoção, projetando-nos na trama e nos personagens, às vezes, mesmo sem perceber, quando ele toca nessas idiossincrasias, os reconhecemos intimamente.

Nosso interesse por suas histórias pode também ser explicado pela agudeza das questões mobilizadas: poder, fragilidade, traição e morte, frutos de um mosaico em que as peças estão quase sempre precariamente conectadas.

Isso era quase tudo o que ele sabia sobre Shakespeare. E, embora ainda não pudesse imaginar, por tudo pelo que viria passar, no final, admitiria que aquela seria uma história que provavelmente Shakespeare não se furtaria de contar. Poderia, quem sabe, servir-se das bruxas, como em Macbeth, para anunciar a trama: coisas terríveis virão por aí.

A PERDA DO PARAÍSO

Aos 8 anos de idade, decidiu convidar Deus para brincar. Não lhe pareceu que esse fosse um pedido sem propósito e impossível de atender. Pois, naquela época, para ele, Deus parecia mesmo existir e o mundo era só um lugar de brincar e crescer.

E foi exatamente esse toque de ousadia, carregado de narcisismo onipotente e inocente que marcou a sua versão: ofereceu-se voluntariamente a uma intimidade que lhe abriria as portas fechadas para os comuns dos mortais. Contudo, havia mais. Já àquela altura, não conseguia firmar-se muito bem no meio de seus iguais. O mundo lá fora sempre lhe pareceu propor uma disputa desigual. Várias de suas iniciativas de integração, na escola ou com os primos, foram frustradas. Os garotos da sua idade se moviam rápido demais só que com o cérebro em câmera lenta.

Ele tinha mil perguntas a fazer. Sentia desconforto com os excessos de cumplicidade e com todas as injustiças naturais. Nunca conseguiu brigar na rua, nem na escola. Foi na igreja que encontrou o seu lugar. Era como se ele adotasse aquela estrutura para compensar a falta de conexão social.

Era um coroinha cheio de pose. Tinha o rosto luminoso, um sorriso que encarnava a graça e uma certa petulância na maneira de se posicionar. Fazia da igreja seu quarto de brinquedos e seu parque de diversão. A função lhe dava visibilidade, ressaltava seu estilo nobre e concentrado, e a batina vermelha com sobrepeliz branca completava esse perfil natural. E ali se sentia a salvo. Era quase uma outra vida, menos experimental e mais contagiante, que combinava com ele. Tinha o sabor de batalha ganha.

Pertencia ao quadro de coroinhas da catedral, o que proporcionava encontros quase diários com o bispo, seja de modo casual ou oficial.

Tudo à sua volta transpirava solenidade, pompa, disciplina, ordem e tradição. Tudo podia ser imitado sem risco de desorientação. Havia também a questão de hierarquia. Categorias claras, livres de alterações abruptas, com cada coisa em seu lugar. Gostava disso. Visto por essa perspectiva, o futuro dava uma ideia quase nítida sobre as opções que apresentava. O mundo parecia depender daquele ambiente.

Talvez, por isso, é que sua proposta a Deus trazia embutido o anseio de expandir e, ao mesmo tempo, de consolidar suas conquistas naquele meio. É o que alguns qualificam de *fuga para o alto*.

Acima dele uma imensa nuvem branca o convidava a nela caminhar. Seu pedido não foi tímido ou submisso, visto que não se tratava de uma pretensão livre de preferências. Na verdade era repleta de exigências e sem contrapartida, seja de promessa, sacrifício, jejum ou oração.

Queria brincar de tudo um pouco: detetive, caça ao tesouro, mágica, esconde-esconde e o que mais lhe viesse à cabeça. Decidiu começar com a brincadeira de detetive, e estabeleceu unilateralmente todas as regras. O que queria era: 1) pistas fracionadas, como contas do rosário, com intervalos, sem pressa ou precisão; 2) sinais, códigos, segredos e 3) tantas infinitas coisas mais que exigissem de sua parte toda a atenção e um esforço inteligente de investigação; porém, que se somassem, cumulativamente, e ao seu dispor para construir e interpretar.

Nada conclusivo ou definitivo. Era só preciso ter a dúvida, a incerteza, com incentivo à especulação – permitindo-lhe adivinhar, decifrar e até inventar um padrão pela delícia de errar, recomeçar e, principalmente, sem prazo para acabar.

Na realidade só queria brincar. E elegeu Deus como o parceiro ideal. Talvez se ressentisse da falta de um avô dotado de paciência e perfeição. Ou a igreja já fosse sua maior fonte de inspiração, ou, quem sabe, sua única distração.

E Deus, à sua maneira, o atendeu – embora nunca tenha oficializado a parceria.

•••

Desde então, sua dificuldade de se relacionar com o mundo só aumentou. Alterou de forma definitiva o seu cotidiano. Passou a viver numa atmosfera cada vez mais irreal e fantástica, quando não apenas virou as costas para a realidade, como também para si próprio. Foi tomado por uma sensação de poder agir sem restrições, de permitir-se total liberdade de atuação, conduzir-se com altivez para objetivos nobres, sempre contando com Deus para torcer a seu favor.

Foi a partir desse ponto privilegiado que ele passou a esquadrinhar o presente com olhos brilhantes, movidos pela fantasia e imaginação. Foram seus ouvidos atentos que captaram o lance inicial.

Ao cruzar com dois membros da igreja saindo da secretaria, ouviu duas palavras que lhe chamaram a atenção. Ambas, separadamente, eram conhecidas sem nenhum significado especial. Mas juntas ganharam propriedades mágicas: *Missa Negra*.

Estava ali, sem qualquer dúvida, seu primeiro desafio vindo de Deus. Era a prova de que Ele havia topado e concordado com as regras. A brincadeira havia começado.

O compromisso que agora lhe prendia pareceu interminável. Não tinha tempo a perder. Tinha urgência de dar continuidade e entender melhor aquela proposição.

Já em casa, tinha o rosto afogueado. De imediato inquiriu a mãe. Ela não sabia. Despachou-o para o pai, que também não sabia, mas antes de admitir, achou suspeita a indagação. Fez-lhe perguntas simples sobre onde ouvira e quem falou. Ao esclarecer a origem, facilitou ao pai despachá-lo ao padre.

O padre sabia, mas não gostou nada da daquilo. O que era uma pergunta direta, o padre transformou numa confissão. Fez-lhe uma severa reprimenda e determinou uma penitência acima do normal. E isso lhe permitiu concluir que Deus não pretendia facilitar. Contudo, não estava vencido. Ainda lhe restava uma opção – sua melhor opção.

Ocorre que tinha um tio meio esquisito que a mãe ao se referir a ele fazia a observação – a meia voz – de que ele era maçom. Quanto ao pai que, além de cunhado, era também seu compadre, fazia outra: acrescentava sem abaixar o tom que ele era bode. Essas coisas, ele ouvia desde o berço. Nunca lhe causou estranheza. Concluíra há tempos que, para a mãe, bode era nome feio e apenas substituíra por maçom.

O que credenciava o tio não era ser bode ou maçom, mas o fato de ele ter um belo carro, usar terno em dia de semana e de levar embaixo do braço um grosso jornal da capital. Óculos de lentes grossas completavam o visual.

A abordagem foi bem recebida. O tio não estranhou a pergunta, não fez ares de surpresa nem mesmo demonstrou irritação. De pronto explicou que *Missa Negra* se tratava de uma missa dedicada a Satanás, cujos participantes da cerimônia se vestiam de preto e o crucifixo era exposto de cabeça para baixo, invertido. Simples assim. O que complicou foi que o tio, observando sua reação neutra, nada impressionado, forçou a mão: num tom ensaiado de mistério, acrescentou que o maior problema era conseguir hóstias consagradas para a cerimônia, o que exigia colaboração de alguém de dentro das igrejas. *Um fornecedor*. Incluiu um duvidoso personagem na história. Um ladrão. A ideia de um furto no sacrário, uma inimaginável profanação, o assustou a ponto de sair correndo como se seus cabelos estivessem em chamas. Nem se despediu do tio camarada.

Só mais tarde é que a imaginação preencheu as lacunas e o fez perceber o alcance daquela informação. Na sua igreja, ou em alguma outra da cidade, havia um ladrão que precisava ser descoberto e detido. E Deus o encarregara disso. Era a brincadeira perfeita: era uma missão.

•••

Sua primeira suspeita recaiu sobre o sacristão. De cara, excluiu-o da catedral que não preenchia os pré-requisitos mínimos. Decidiu averiguar os das outras igrejas. Passou a frequentar de três a quatro missas por dia em diferentes igrejas, tendo que faltar às aulas, mas com a consciência tranquila, haja vista a importância e o mandante da missão.

A professora que nada sabia sobre sua nova responsabilidade, mandou chamar sua mãe. O resultado foi que o pai tomou providências radicais, principalmente por ele não poder dar nenhuma explicação convincente. Além do castigo e do sermão, decidiu que *missas só aos domingos e dias santos*.

O mundo lhe caiu na cabeça. Ficou emburrado, de mal da mãe. Ela sentiu por ele, mas, impotente, nada pôde fazer.

Agora foi o padre que notou sua falta. Também mandou chamar a mãe. O pai terreno viu-se diante de um impasse: devolveu a responsabilidade para a mãe, a qual lhe propôs um acordo confuso, cheio de brechas e exceções. Isso reduziu consideravelmente suas manobras, mas não o impediu de prosseguir a investigação. O problema é que diversas outras coisas estavam em andamento.

•••

Por esta época, a igreja católica passava por uma verdadeira revolução interna. O concílio do Vaticano já havia concluído várias modificações. Os ventos dessas mudanças começaram a soprar na direção da diocese à qual sua igreja pertencia. De sua perspectiva, o que foi considerado uma mudança radical, e que o atingiu diretamente – embora tenham ocorrido tantas outras mais importantes, que não vem ao caso – foi a decisão do bispo em dispensar os coroinhas, dando lugar a adultos para aquela função.

Os novos integrantes que passaram a ser denominados *ministros de eucaristia*, com uma atuação bem mais ampla à dos coroinhas, eram a resposta para a orientação do vaticano de inserir leigos nas variadas atividades da igreja dentro do conceito, agora reformulado, de *comunidade*.

Quando a "invasão" se concretizou e a sacristia e o altar já não eram mais seu território particular, suas suspeitas se transferiram automaticamente para aqueles indesejados novos personagens.

Sua reação foi instantânea: tomou lugar na primeira fila e, com atenção redobrada, passou a vigiar cada um deles em particular com o intuito de identificar atitudes suspeitas. Por conta dessa concentração máxima, muitas vezes se perdeu em meio ao ritual. Permanecia em pé quando deveria se ajoelhar, ou sentado quando o correto era ficar em pé.

Não tardou encontrar o suspeito mais provável. Tratava-se do óbvio: um daqueles de quem ouvira a palavra mágica. E pertencia, agora, ao quadro de ministros. Prometeu a si e a Deus que não lhe daria trégua.

E foi o que fez. Passou a segui-lo, espiá-lo e o mais grave: na primeira oportunidade, revirou sua pasta e os bolsos de seu paletó. Foi surpreendido e o padre vetou sua circulação nas dependências internas da igreja, restringindo bastante seu campo de observação. Sob circunstâncias tão adversas, reclamou com Deus, argumentando que sob tais condições não seria possível levar a cabo aquela missão. Cobrou uma brecha para prosseguir. E acusou Deus de desleal. A missão lhe pertencia e não queria abrir mão. Tornara-se seu tesouro inestimável. Aquele não era o momento de estabelecer uma pausa consensual. Mas o que veio a seguir representou o castigo imposto por uma intempérie divina.

O dia que amanheceu luminoso virou para ele um pesadelo. Naquele dia, Deus tirou-lhe a mãe. Tudo o mais ganhou irrelevância. Seu mundo se transformou num enorme borrão. Defrontou-se com uma realidade forjada a partir da indignação, num mundo cínico e iníquo, que não só esclareceu um equívoco como anteviu o formato que o futuro poderia ter. No excesso de simbolismo, deu-se conta de que o mundo poderia sempre reservar uma indesejada reviravolta.

Na igreja ouvia os pregadores falarem do Apocalipse e a realidade materializava imagens reais do colapso. Uma previsão de ruína, de queda. Um desejo de autodestruição. Pela primeira vez sentiu o cheiro dos mortos e um frio na espinha de quem percebe a engenharia de uma sequência assustadora.

Esse deslocamento de percepção se transformou na chave de sua vida. Com ar atônito, envolvido numa luta desigual, implorou a Deus por um cessar fogo naquele jogo que se mostrou tão perigoso.

Nada mais duvidoso. Foi sua perda do paraíso a qual lhe rendeu a descoberta de como o bem pode, muitas vezes, encobrir o mal. E como o truque funciona bem. Passou a explorar imensos espaços vazios à espera de serem nomeados. Quando tudo se ajusta, ganha novo andamento vertiginoso. Decidiu optar por atentar aos detalhes, já que o todo arrebata e confunde. E traz com ele o sabor de batalha perdida.

Aos 8 anos decidiu olhar o caos sempre de frente. Passou a achar importante distinguir as diferenças. Mover-se intuitivamente entre paradoxos, abrindo milhares de janelas, numa oscilação permanente entre distanciamento e profundidade. Mas a experiência trágica exigia um acerto de contas. Não poderia ficar assim. Como represália, abandonou a primeira fila e passou a ocupar o fundo da igreja.

E foi essa a máxima distância que conseguiu estabelecer para com seu Deus, distância a qual representou o salto no abismo que se dá ao insistir em acreditar em Deus ao custo de duvidar de si mesmo para sempre.

A MADRUGADA DE TERÇA-FEIRA

Era madrugada de terça-feira.

Ele despertou com um ruído, um zumbido surdo que fazia fundo ao seu esforço para se situar. Aos poucos, deu-se conta de que um desconforto corporal – uma sensação de inchaço acompanhada de formigamento por todo o corpo, com exceção da cabeça. Não encontrava justificativa para aquilo, pois, até então, havia sido uma noite de sono tranquila, como as demais que a antecederam. O desconforto era apenas físico, e aumentava.

Sentou-se na cama e, naquela posição, sentiu-se melhor. A luz do corredor iluminava parcialmente o quarto. O zumbido continuava – um pouco mais agudo, talvez. A cabeça estava ainda confusa, mas livre de dor e não latejava. Buscava a origem do ruído, enquanto constatava que o mal-estar já era quase nada. O zumbido também cessou de súbito.

Passeou os olhos pelo quarto, reconhecendo, apesar da penumbra, parte da mobília. Estava agora olhando para sua estante, quando um pensamento brotou em sua mente, como uma lembrança fortuita: Lucas 22, 31-32 e, em seguida, Lucas 22, 35-36; 38.

Parecia mesmo uma lembrança que pulsava agradável, repetindo-se em pausas. Conjecturou que poderia ser fruto de associação entre a estante e seus livros. Não se convenceu. Sua bíblia não ficava ali. Ficava ao lado da cama no criado-mudo.

O mal-estar dissipara-se por completo como se não tivesse ocorrido.

Percebeu o silêncio e a temperatura agradável daquela noite, abaixo do normal para o mês de setembro.

Quis divagar. Não foi longe. A passagem bíblica voltou à sua mente, só que agora com maior insistência. Propôs-se a memorizá-la, intencionando consultá-la no dia seguinte. Repetiu por duas ou três vezes o capítulo e os versículos. Observou que estavam salteados.

Enquanto memorizava, surgiram algumas associações: o capítulo 22 estaria próximo ao final do evangelho de Lucas já que, ao todo, não chegavam a trinta. Buscou identificar a passagem. Não teve sucesso.

Justificou-se de imediato: Lucas não era seu evangelho favorito. Um narrador brilhante, meticuloso também, mas seus relatos foram interpretações de experiências de terceiros. Mesmo dispondo de fontes privilegiadas, não gozou da convivência de Jesus, tampouco foi arregimentado como Paulo.

Prosseguiu passando para considerações gerais. Uma delas era que a passagem deveria estar situada próxima à Paixão. Essas considerações instigavam sua curiosidade. O divertiam também. Desafiou-se em pensamento: antes ou depois da Paixão?

Riu disso. Sobre-estimava seus conhecimentos bíblicos. De novo, justificou-se com o mesmo argumento: tratava-se de Lucas; seria diferente se fosse João. Ele se sairia melhor com João ou com Paulo.

Sentiu-se um tanto infantil. Tudo aquilo, àquela hora, uma bobagem assim... Em contrapartida, percebeu-se contente, alegre até. Apostou: antes da Paixão!

Entusiasmado, tateou pela bíblia. Levantou-se. Acendeu a luz. Localizou seus óculos. Folheou o novo testamento: Mateus, Marcos e lá estava Lucas. Alcançou o capítulo 22. Satisfeito, constatou que seu palpite estava correto. Mas passou raspando: estava contida na sexta e última parte, as quais tratam da Paixão e Ressurreição de Jesus.

A passagem referia-se à predição da negação de Pedro, o que, de certo modo, o decepcionou. Esperava algo mais contundente, e Pedro lhe parecia previsível demais.

A passagem lida, na sequência sugerida, compunha-se assim:

Versículo 31: Simão, Simão, eis que Satanás vos reclamou para vos peneirar como trigo.
Versículo 32: Mas eu roguei por ti, para que tua confiança não desfaleça; e tu, por sua vez, confirma os teus irmãos.
Versículo 35: Depois ajuntou: "quando vos mandei sem bolsa, sem mochila e sem calçado, faltou-vos alguma coisa?" Eles responderam: "nada".
Versículo 36: Mas agora, disse-lhes ele, aquele que tem uma bolsa, tome-a, aquele que tem uma mochila, tome-a igualmente, e aquele que não tiver uma espada, venda sua capa para comprar uma.
Versículo 38: Eles replicaram: "Senhor, eis aqui duas espadas". "Basta", respondeu ele.

Leu e releu. Achou interessante. Porém, intrigou-se. No versículo 34, a predição da negação de Pedro não estava incluída. E o que chamou sua atenção foi que, naquela nova formatação, se mostrava coerente. O versículo 34 não parecia fazer falta, como se não passasse de um apêndice – embora mudasse seu sentido por completo.

Achou esquisito, mas não surpresa alguma. A bíblia nos fala com metáforas e nem sempre nos fala diretamente. Essa era sua opinião sobre as escrituras. Por isso, prosseguiu no intuito de identificar qualquer pista neste sentido. Para tanto, leu a passagem completa. Depois, consultou a mesma passagem em Mateus, Marcos e João. As três concordavam tanto na forma quanto no conteúdo. Lucas, porém, destoava, ou melhor, acrescentava. Quanto aos outros, eram mais objetivos e sucintos. Tudo enxuto e direto.

A abordagem de Lucas lhe pareceu estranha, não por ser mais extensa, embora fosse, mas pelo enfoque abrangente, complexo. A negação de Pedro não era o eixo central de Lucas. Também não lhe escapou o fato de não incluir nenhum preâmbulo como os outros evangelistas.

Essas comparações deslocaram o foco sobre o novo arranjo com relação ao seu significado. Isso acabou ficando em segundo plano, o que lhe custou deixar passar despercebido a plataforma que ancoraria uma experiência mística, colocando-o numa situação de máxima exposição. Significava também um novo caminho do ponto de vista pessoal.

Como resultado final, acabou por simpatizar-se com Lucas. Voltaria ao evangelho com um novo olhar. Estava satisfeito. Fechou a bíblia e voltou a deitar-se. Nada mais o incomodou pelo resto da noite.

•••

Naquela manhã de terça-feira, ele acordou depois de seu horário habitual. Não se recriminou por isso e o dia seguiu sem agitação ou inquietação. Sua compreensão lhe pareceu estar ampliada. Era uma harmonia incomum.

O dia estava seguindo neutro, simples, quieto. O que lhe agradou bastante. A ele, a visão reducionista era mais segura. Tinha necessidade de manter categorias claras, livres de elementos de excepcionalidade.

Em seu favor, deve-se esclarecer que esse desencanto radical não o imobilizava. Ao contrário, era sua maior força e proteção, visto que mantinha intacto seu aspecto interior mais complexo, rico, sensível e interessante do que sua expressão pública costumava sugerir. Sempre lhe pareceu sensato primar pela temperança, moderação e indulgência, em comparação com expressões impetuosas e emotividade imprudente.

•••

Ainda na noite de terça-feira, a alegria de todo o dia ainda permanecia intacta. Com esperança, ele escreveu em seu diário:

> *Vida longa! Quero viver muito? Parece que não vivi quase nada. Tudo parece sequência do que já aconteceu antes. Pouca coisa experimentei em profundidade. Passei sempre ao*

largo sem sentir nada. Tudo que se anunciava grande, encontrei em miniatura. Se for só isso, talvez queira mais. Não sou eu quem decide. Nunca foi. Olho para todos os lados. Não é inquietação nem ansiedade: apenas treino os olhos para que não me escape o desfecho final.

Depois ainda acrescentou:

Hoje pouca coisa me confronta. Tudo isso se foi ou está diminuído. Já fui mais incomodado. Atualmente, incomodo o mínimo também. Tudo a cada dia me acalma sempre mais. Sem surpresas, sigo adiante devagar. As garantias são mínimas. Confio no vento da graça que sopra em todo lugar. O pior seria expressar enfado ou demonstrar ingratidão.

O IMPONDERÁVEL

Um momento que sugere um mínimo de leveza – e até de tranquilidade absoluta – é quando por instantes não receamos de modo algum pelo futuro. Trata-se de uma experiência rara, fugidia, que traz embutida a perspectiva de grandeza e riqueza com que toda alma sonha. No entanto, no geral, sempre parecerá sensato atender às próprias necessidades básicas.

Há também a questão do comprometimento, que torna quase impossível desembaraçar-se dos vínculos que necessariamente se estabelecem e os compromissos decorrentes para os quais não existem leis ou códigos pré-definidos. O que existe é bom-senso e senso de limites os quais se transformam, na maioria das vezes, em verdadeiros cabos de guerra.

Por outro lado, tentamos trabalhar com referências já consolidadas e apostas. Elas exigem correr riscos, incluir variáveis ou suprimi-las, o que pode mudar tudo, desandar e, se necessário, recomeçar – até mesmo do zero.

Existe um conceito filosófico bem-aceito que leva em conta que o novo pode surgir quando um elemento já existente é retirado do seu contexto original e inserido noutro diferente, produzindo efeitos até então inexistentes. E se é obrigado a reagir diante deles, assimilando-os, num rearranjo nem sempre bem-sucedido ou aceitável – entre tantas outras coisas que aprendemos a negociar ao longo da vida, nem sempre de maneira bem-sucedida.

Além desses desdobramentos circunstanciais que o viver impõe, estamos sujeitos ao inesperado e ao imponderável – um terreno minado no qual o destino não se cansa de subverter todas as regras e o esforço envolvido para se adaptar às novas situações é gigantesco e desgastante.

Por conta disso, às vezes, o absurdo da existência humana é risível, em especial para aquelas almas teimosas e arrogantes que só se importam com seus planos mesquinhos.

•••

Corria o mês de dezembro, agora.

Aquela madrugada de terça-feira transformara-se num evento sem importância, sem nenhum desdobramento, e já não passava de lembrança, a cada dia mais tênue.

A passagem bíblica não fora revista, tampouco dedicara alguma atenção ao evangelho de Lucas. Em resumo, o conjunto daquele dia lhe era distante e misturado. Reconheceu que ficara um resíduo de natureza subjetiva, permeando sua vida desde então. Sentia-se mais exposto. Estar exposto costuma estar associado à vulnerabilidade, mas não era o seu caso. Incluía também a esperança de que as coisas tenderiam a se equilibrar melhor.

Bem, isso deixara de ser realidade desde o dia anterior. Naquela manhã, sentiu-se descoberto e a cada minuto mais vulnerável. Tudo parecia pesado agora.

No dia anterior, as coisas já não transcorreram com normalidade. Tudo lhe parecera deslocado, fora de lugar, o que lhe obrigara a manter sua mente alerta a possíveis imprevistos que surgissem.

Aquele foi um dia excitado. Estava atento, como se não fosse natural desaperceber-se das múltiplas impressões que lhe chegavam através dos sentidos. Esforçava-se em retê-las, mas era inútil.

Na rua seus passos de modo incompreensível perdiam o automatismo, o que lhe exigira uma constante reavaliação do ritmo, da direção e do equilíbrio. Não tinha naturalidade ao caminhar. Sentira-se desengonçado e temera chamar atenção. Ser notado seria complicado para ele. Sempre atuou na vida sem que aspectos subjetivos seguissem paralelos e visíveis. Em nenhum grau poderia conceber a si mesmo como padrão de normalidade, como sujeito consistente, num mundo de experiências dispersivas.

Por conta disso, o seu íntimo começou a sofrer ao manter-se focado em si. Isso o levou a tomar consciência do quanto vivia aquém das possibilidades, sem nenhuma conexão com a vida real, ao alcance de quase todos, mas inacessível para ele mesmo.

Essa opção significaria incluir algo íntimo ao ritmo e a inércia do cotidiano, podendo dar voz e brilho a suas atitudes e posturas básicas.

Evitava correr os riscos de se meter em conflitos que pudessem se desdobrar de maneiras incontroláveis. Essa interpretação deformada obscurecia sua percepção quanto aos sintomas mais dolorosos com os quais perdera contato, tornando-se insensível a eles.

Perdeu a mais preciosa lembrança: a lembrança de si mesmo, impedindo-lhe reconhecer-se diretamente. Não dispunha de um sentido seguro de sua identidade, embora alimentasse obsessivamente o ideal de autocontrole proposto em nossos dias, tão comum aos seres solitários, inadequados e vítimas de incompreensão.

•••

Naquela manhã, enquanto se vestia, foi tomado por um estado negativo que evoluiu para um total desamparo. E que se avolumou de modo avassalador quando algo indefinido, arrebatador, vindo de fora, depositou em seu coração toda a dor existente no mundo.

Essa experiência, que durou um milionésimo de segundo, indescritível, rompeu e avançou anos luz para além de sua natural e limitada compreensão.

O choque provocou um estado de horror que o abateu, o esgotou e o desfaleceu, como se o esgarçasse até o limite do insuportável.

Enquanto caia o último fio a se romper de seu estado consciente, continha um fragmento do versículo 31: *para vos peneirar como trigo.*

Já no chão, seu consciente voltava precariamente. Sua pulsação estava acelerada. Seus lábios tremiam e, na face, não tinha uma gota de sangue sequer.

Não ensaiou levantar-se, nenhum músculo lhe respondia. A mente, por muito tempo, foi incapaz de formular qualquer pensamento direcionado, como se sujeita a uma espécie de blecaute. Paralisada, ainda retinha, como um espinho, aquele fragmento incrustado, reverberando continuamente: *para vos peneirar como trigo*.

Permaneceu imóvel, sem reação. Somente horas depois, conseguiu arrastar-se para próximo da cama, de onde puxou uma coberta que usou para cobrir a cabeça, proteger os olhos e abafar os ouvidos. Não se sentia. Recuperou-se quando era quase noite.

Exausto e angustiado, levantou-se devagar. Desorientado e sem saber o que fazer, começou a circular pela casa escura. Depois foi acendendo todas as luzes compulsivamente.

Sentia sede e, na cozinha, pegou um copo que lhe escapou das mãos. Então, bebeu diretamente na torneira da pia, da qual aproveitou para lançar água no rosto com abundância, como para despertar de um pesadelo infeliz.

Voltou ao quarto em busca de algo que sugerisse uma possibilidade de autocontrole. Pensou em escrever. O exercício da escrita o acalmava.

Por longos minutos, esperou até sentir-se capaz de tomar a caneta. Ainda sentia-se fraco e tremia. Passou a abrir e fechar as mãos para aumentar a circulação e dominar os movimentos dos dedos. A cabeça era como um vácuo: nada lhe ocorria de modo concatenado. Começou a rabiscar sobre um bloco de rascunho, sem direção. A caneta, o papel, os objetos sobre a escrivaninha, tudo era o que seu campo de visão mantinha definido. Fechou os olhos e, com dificuldade, tentou repassar o ocorrido. Não via detalhes, mas um fato disparou em sua memória: havia sido tocado! Barbaramente tocado. Algo medonho, imenso e desproporcional o havia tocado.

Um sentimento de revolta impotente o invadiu. Fora vítima de um assédio inescrupuloso e condenável, por algo ainda indeterminado, uma não presença inominável. Sentiu raiva e foi possuído por repulsa e repúdio por si mesmo, como se, de alguma forma, fosse responsável e até culpado pelo que ocorrera. Sua reação foi desconcertante: no pequeno espaço em branco da folha rabiscada, escreveu com a mão pesada, cheio de nojo e raiva, como se proferisse uma maldição contra si mesmo:

> *Viverá, por sua vida inteira, vagueando em meio à névoa do seu psiquismo doente; seus dias, escorrendo por entre seus dedos, cada vez mais trêmulos. Entre uma tribulação e outra, entre uma expectativa improvável e outra, lidando continuamente com polos opostos. Buscando sínteses superadoras, sem jamais encontrar redenção. Tudo falso! Você mesmo é uma farsa!*
> *Viverá de ilusões, esperando o que não virá, prometendo o que não tem para dar, ansiando pelo que não consegue jamais identificar. Viverá lambendo suas feridas, cada vez mais expostas; exteriorizando, sem tréguas, sua confusão, sua indigência interna, sua carência infinita de amor que nunca se aplacará e sua total incapacidade de amar que nunca se reverterá.*

Não satisfeito, continuou:

> *Saiba que todos temos um encontro marcado conosco; o qual numa vida banal como é a sua, se dará no dia em que ela fizer o seu pior movimento, deixando à mostra a mão sombria e cega do destino. Neste dia, as formas que encontrar para viver estarão além de sua compreensão; quando terá que seguir perplexo e despreparado para o que há de ver, falar e ouvir. Neste dia, todo o absurdo advirá do próprio real. Sentir-se-á um tolo, então.*

Ficou ali imóvel, com a respiração presa, impotente. Contudo, ciente de que necessitava alcançar uma perspectiva mais abrangente sobre o ocorrido.

Refugiando-se na cama, entregou-se ao medo, encolhido, desconsolado e temendo o pior. Buscou conforto na oração, mas conseguiu apenas balbuciar de modo infantil: *o Senhor é o meu Deus verdadeiro e eu sou o seu filho querido.*

Aquela foi uma longa noite, cheia de pesadelos terríveis, entrecortados, nos quais ele era perseguido por gigantes em meio a uma paisagem bizarra a qual adensava e coloria seres estranhos, silhuetas dançantes, inventariados naquele dia tumultuado.

O GUARDIÃO DA MEMÓRIA

O PENSADOR ESTÁ SUJEITO AO GUARDIÃO da memória. Há um observador que o pensador nega. O pensador só concebe o guardião. Muitas vezes o guardião lhe sonega lembranças e o pensador reconstrói lembranças.

O pensador inventa, cria significados. O observador constata o ardil. O guardião trapaceia e o pensador blefa. O guardião é o alquimista, o que detém a realidade; o pensador é o mágico, o que cria a ilusão.

A memória é um vulcão. O guardião sabe que, se o pensador tomar de assalto sua memória, a caixa de pandora estará por um fio e o vulcão poderá explodir. O guardião sempre distrai o pensador, facultando-lhe o acesso a vastas regiões da memória, mantendo-o assim ocupado e dispersivo. Também faz o oposto e sonega migalhas, tais como a lembrança do nome de um conhecido ou até mesmo o dia da semana. Isso deflaciona o pensador e o faz mais dócil e humilde.

O pensador é hiperativo, o guardião não dorme nunca. Nos sonhos, o guardião abre a tampa da caixa e deixa à vista todas as serpentes. O pensador nesta hora está cego. Apalpa e simboliza, mas deixa escapar o significado e não adivinha o conteúdo.

O vulcão tem uma saída principal. Existem também fissuras em suas paredes por onde o vulcão respira.

O pensador sabe alguma coisa sobre essas passagens. Ali coleta algum material que vazou e está à vista. Entretanto, em épocas mais difíceis, por ali tenta penetrar. O guardião tolera tais incursões, porque muitas vezes ocorrem obstruções ou entupimento, e o pensador acaba por fazer a faxina. O guardião o aguarda mais ao fundo e dali não o deixa passar. Esse é o dia a dia do pensador e do guardião. Em ritmo de quase comédia e quase drama, atuam na linha entre o excesso e a contenção, alimentados por nós, que oferecemos continuamente dados sobre nossas vidas.

Dando o ar da graça, o observador pergunta o que já sabe: *Guardião, o que há na caixa que tanto guarda?* O guardião responde: *Na caixa há as noites que jamais amanhecem e os dias em que o sol não se põe. São nessas noites que Satanás dorme; são nesses dias que Satanás descansa.*

•••

E veio o dia seguinte. Quando amanheceu, o que se seguiu não foi surpreendente. Levantou-se de modo rotineiro, como em tantas manhãs tão repetidas, comportando-se como se o ontem não tivesse existido. Tal como num par de engrenagens que em uma delas falta um dente, a cada volta, ocorre um tranco, quando o mecanismo pode travar; porém, com lubrificação abundante, volta a engrenar.

O fato é que, após um pico de extremo estresse, um estado de letargia e indiferença pode se instalar, protegendo o indivíduo de modo bem-sucedido. Nesse estado, a memória bloqueia o acesso de maneira seletiva, ocultando lembranças indesejáveis.

Talvez por essa razão é que ele se agarrou à rotina e a seguia tão fiel. Contudo, mesmo dentro dessa *normalidade* tão genuína, que clama por reconciliação e paz, em um espetáculo de autopiedade, a pessoa haverá de superar o tranco e cuidar para que a lubrificação não falte. São apenas pequenas manobras, insuficientes para evitar a ansiedade que continua lá e da qual não se livra jamais.

Enquanto o dia prosseguia, iniciou uma cautelosa prospecção em seu estado emotivo: o que sentia? Sentia-se só. Sentia falta de ter com quem conversar – e não tinha ninguém. Nunca tivera nada a dizer a outrem, nenhum mundo semelhante para compartilhar.

Esforçara-se para fugir da percepção social e esconder seu desconforto. A paranoia já estava assimilada ao seu cotidiano.

Sempre tive dificuldade com relacionamentos mais íntimos. Isso era antigo. Nunca se alimentou do outro. O outro era seu objeto de estudo, de observação, de curiosa e obsessiva observação. Observar é estudar o comportamento. Lida com aspectos do ego e da vaidade. Tinha suas preferências. Era mais um observador do lado obscuro, sinistro, do ser humano que de sua jovialidade ou singeleza.

Sua técnica incluía o distanciamento, o não envolvimento. Aprendeu a relacionar-se mantendo uma distância segura. Mesmo em ambientes amigáveis – como na igreja –, mantinha-se afastado, sempre só. Aliás, tinha a opinião de que havia gente demais no mundo. Lamentava sobre o que Deus prometera a Abraão: *tornarei tua posteridade tão numerosa como o pó da terra*. Fora uma má ideia sem dúvida.

Desde criança e sempre de longe, dedicou-se a observar pessoas. Lembrou que na adolescência havia escrito algo nesse sentido:

Olho pouco para o céu.
No verão, o sol é inclemente.
Nas noites sem nuvens,
são muitas as estrelas.
A lua destoa desproporcional.

Prefiro olhar para as pessoas.
Também são muitas.
Algumas, inclementes.
Outras destoam também.
No entanto, estão muito próximas
e em toda parte: incontornáveis.
E eu de longe as decifro!

•••

O tempo passou, mas ele em nada mudou seus métodos e convicções. Na realidade, seu radicalismo aumentou bastante. Tornou-se um especialista: apenas poucas impressões lhe bastavam, além de dispor de percepção arguta, capaz de captar momentos decisivos na vida cotidiana.

Em paralelo, desenvolvera uma evitação progressiva que lhe proporcionou um afastamento social enorme, talvez impossível de reverter. Essa era a sua maneira particular de lidar com a vida, a qual refletia um tipo de intolerância às avessas, e um modo de mostrar-se consciente da importância de si mesmo. Tinha uma vida cheia de especializações, mas que naquele dia elas se mostravam quase inúteis. Foi inteligente e se utilizou de outros recursos. Um deles era entregar-se a um discurso íntimo, de tema filosófico ou teológico, impessoal, que lhe permitia ignorar essa intencional tendência ao isolamento.

Tornar-se um ser solitário exige o risco de abdicar do que se pode ter nas mãos, por sabê-lo insuficiente ou inaceitável. E foi o que decidiu por em prática. Buscava um tema que tivesse relação direta com essa estratégia tangencial, cujo objetivo, naquele momento em particular, era dar sustentação àquele bloqueio tão conveniente proporcionado pela memória.

Essa operação de socorro, tantas vezes bem-sucedida, desta vez fracassou. Sua memória tão compassiva até então o traiu. Uma lembrança insinuou-se sorrateira e inconveniente: *mas eu roguei por ti para que tua confiança não desfaleça.*

Isso pôs tudo a perder. Trouxe de volta aquela atmosfera irreal em que estivera sujeito, em que a lógica não podia prevalecer e o absurdo retomou seu lugar, tornando impossível insistir em parecer natural. Sentiu-se decepcionado. Afinal, estava tudo arranjado para que o dia apenas se passasse e a derrota veio por nocaute.

Como condenado à desordem, estava agora à deriva, na expectativa infantil de um resgate providencial. A esse estado, associava-se também uma incerteza sombria e insuportável, sem que pudesse evitar.

•••

O dia já finalizava. Todo o esforço agora era no sentido de aguentar e não sucumbir ao desespero. A intenção não era de todo inverossímil. O tempo sempre ajuda a acomodar o que se apresenta irreconciliável. Ou muito doloroso. E assim, acreditando encontrar em casa um modo de contornar aquele estado emotivo tão negativo e difícil de suportar, saiu mais cedo do trabalho.

Acabou decidindo passar pela igreja que àquela hora deveria estar vazia, onde pretendeu recolher-se em oração. Chegando lá, apelou para sua santa de devoção, a doce e amorosa Santa Teresinha do Menino Jesus.

Enquanto orava, recordou-se de um episódio da vida da Santa, no qual ela narra em seus escritos as seguintes palavras: *Na noite de Natal de 1886, Jesus dignou-se a me tirar as fraldas e as perfeições da infância. Transformou-me de tal modo que eu não me reconhecia.*

Identificou-se com aquela situação vivida pela Santa, convertendo-se em instantes repletos de significados que muito o ajudaram a tolerar o incômodo que enfrentava. Foi um bálsamo para suas feridas.

Só precisava de um tempo de preparação antes de investigar o significado daquela experiência, sem ser demasiado penoso. Permitiu que algumas coisas mais emergissem naturalmente.

•••

Em casa, anotou em seu diário:

> *Essa experiência que extrapola meu cotidiano, trazendo questões novas para lidar, me faz pensar em quantas oportunidades – seja por medo ou indecisão desmedida – se perderam sem que ao menos eu tivesse contato. A hesitação apresenta e impõe enormes custos pessoais. Percebo que isso só pode ser eventual e provisório, nunca um modelo de vida. Nenhum*

pretexto é válido para que eu permaneça nessa posição alienada e não satisfaça minhas aspirações mais profundas. Quanto a essa presença difusa, e até o momento inominável, não poderá confundir o meu intelecto quando precisar traçar uma linha demarcatória entre o real e o que o ultrapassa – tampouco frustrar a conquista de uma certa autonomia ou me obrigar a ceder a toda sorte de apaziguamentos e diluições. Sei que minha experiência foi medonha e até inverossímil. Não devo acrescentar o medo para não prorrogar o bloqueio. Situações inexplicáveis e ameaçadoras pressupõem uma tolerância generosa ao desconhecido. Devo resistir ao automatismo de criar uma teia de medo e evitação. Já não tenho dúvida de que algo está a caminho, e envolverá questões complexas. A ideia me atrai. Parece-me algo tão gigantesco.

Em seguida, mais realista, acrescentou:

Também é verdade que me sinto impotente e vejo o esquecimento como trégua compassiva; um tempo de preparação. Por mais que existam razões convincentes para continuar seguindo adiante, mesmo em situações impactantes, sei que elas não são páreo para motivadores emocionais. E essa situação em particular, desvinculada de qualquer padrão, exige a reconstituição integral do fluxo dos últimos acontecimentos, pois como está agora mais parece convite para um Armagedon.

A PONTA DO ICEBERG

Na sexta-feira o dia transcorreu permeado por um discurso que tinha por propósito recuperar as referências que lhe haviam sido retiradas.

A natureza humana reage às tentativas para represá-la. Começa, então, uma cruzada em busca de respostas ou, pelo menos, de um desfecho. Em termos mais simples, ansiava por dar um basta naquilo tudo, não mais importando aonde poderia chegar. Sentia-se atolado e o que mais desejava era apressar o desfecho. Eis o discurso:

Seria o ideal romper com uma situação qualquer que nos desagrada, nos contraria, nos livra de algo inconveniente e, sem comprometer o geral de nossa vida, que parece seguir para onde planejamos.

Situações extremas obscurecem nosso espírito, deformando a realidade, prejudicando o nosso julgamento e nos expondo ao arbitrário. Sentimo-nos sacrificados.

Este é o motivo pelo qual, perplexos e relutantes, acabamos por aceitar e até cooperar com o que denominamos "pico máximo de uma crise". Sabemos que, após atingi-lo, o desfecho se torna inevitável e toda tensão é esvaziada ou redirecionada de modo mais construtivo.

Na natureza, quando indícios (sinais indistintos) são decodificados e dão como certa a aproximação de um cataclismo, toda a vida natural se aquieta de maneira desconcertante. Todo o reino animal se paralisa e emudece. Tudo passa como se somente a tensão e a atenção tivessem prioridade. A ciência esclarece-nos que se trata apenas de um recurso instintivo especializado. No entanto, para quem tem sempre em conta que neste mundo tudo tem a mão de Deus, isso parece subdefinido.

Quanto aos seres humanos que, menos aparelhados, não percebem esses sinais sutis, quase tudo acaba por definir-se intelectualmente. Eles passeiam também por esse estado expectante quando suspendem todas as distrações do ego e passam a esquadrinhar o momento presente.

Em certas situações, nenhuma entre todas as possibilidades lhes será favorável. Os mais sensíveis e os que de antemão trabalharam sobre si e restringiram de modo significativo os limites do ego se entregam mais docilmente ao imponderável, pois aprenderam a vislumbrar a possibilidade de que o desconhecido poderá mostrar-se amistoso.

Não são reféns de certezas coletivas, tão comprovadamente frágeis. Consideram o quanto o conhecido lhes tem reservado tantas armadilhas, muitas vezes imerecidas. E então, quando a vida balança de verdade e a posição em que se encontram fica insustentável, levam em conta que a queda – inevitável – lhes proporcionará novas perspectivas, nem sempre desfavoráveis. É um momento de grande excitação com as possibilidades abertas, mas também um momento de ruptura – quando talvez seja necessário prescindir de qualquer rede de apoio.

•••

Encorajado por esse discurso diurno tão piegas e recheado de amortecedores, naquela noite de sexta-feira, iniciou uma abordagem criteriosa com intenção de alcançar emoções tão perturbadoras que havia provado naquela experiência inclassificável. Mas, declarando-se não se sentir à altura da tarefa, pelo desafio de contrapor o obstáculo da negação inconsciente aos poderes da reflexão racional, a proposta tornou-se menos pretensiosa. A tentativa deveria ajudar a sedimentar os fatos e, assim, reunir os elos perdidos dessa história ainda tão misteriosa.

Principiou pela terça-feira. Suspeitava que, naquela madrugada figuras ocultas – camufladas que talvez sempre estivessem próximas a ele –, se mexeram minimamente. Contudo, prenunciando movimentos mais extravagantes.

Repassou a passagem de Lucas, tanto na versão completa como na condensada. Fixou-se no versículo 31: *Simão, Simão, eis que Satanás vos reclamou para vos peneirar como trigo.*

"Simão, Simão" destoava. Estava sobrando. Referia-se a Pedro em particular. Não deveria estar ali. Tomou como um impeditivo. Por fim, eliminou-o. Ficou assim:

(...) *eis que Satanás vos reclamou para vos peneirar como trigo.*

Esse recurso trouxe a citação para uma perspectiva mais aberta – embora a intenção original fosse mais atrevida. Havia cogitado substituir *Simão* por seu próprio nome. Considerou, no entanto, profano demais. Estava só dando voltas. A ponta do iceberg já divisara lá atrás. E a ponta do iceberg era a constatação de que, na manhã de quarta-feira, fora sim tocado. Fora tocado por Satanás! E não se limitava a isso somente. Houve mais. Havia sido tocado pelo mal de uma forma bastante particular na qual, de modo subjacente, algo havia sido subtraído – de Satanás – e agora ele detinha consigo. Essa era a parte submersa do iceberg.

Foi o máximo que conseguiu extrair de si naquela noite.

•••

O fato é que, em algum ponto de nossas vidas, estabelecemos um limite para a reflexão. Decidimos quão conscientes desejamos ser. A partir dessa linha vermelha, a fantasia irrompe, complementando o que não pode se seguir, escondendo o medo, num acordo secreto e respeitoso aos códigos preestabelecidos. É por esta razão que a imaginação completa e preenche as lacunas quando a realidade não nos atende satisfatoriamente. Ele havia atingido esse limite. O trabalho agora era expandir essas fronteiras sem permitir que a fantasia prevalecesse ou o medo o subjugasse.

Restava agora somente um enigma a ser decifrado. O que talvez levasse tempo. Era provável que isso não lhe seria entregue de bandeja. Mas estava seguro de que o essencial estava impresso em algum lugar da sua memória. Estava num intervalo e não no fim.

O que quer que fosse, e também seu significado, se encontrava já anexado ao patrimônio do guardião (daquele que nunca dorme, de quem nada escapa, que tudo registra fielmente e guarda com zelo).

A questão mais importante agora não era o que havia sido subtraído de Satanás, mas se e quando o guardião lhe franquearia o acesso.

•••

Em seu diário registrou suas impressões como seguem:

> *Pela falta de audácia, uma experiência, por mais extraordinária que seja, acaba por perder sua força. Até agora, o máximo que consegui fazer foi olhar pela janela sem coragem para sair. Devo encará-la com coragem, compreendendo tratar-se apenas de mais um degrau nesse deslocamento ascensional que minha alma deve empreender. Que eu mantenha a tensão necessária para sustentar um desempenho impecável, cujo resultado seja o de me elevar para um ponto mais alto que me possibilite alongar a vista e ampliar meu horizonte, para que eu possa ver o que até então se encontra oculto. Para isso, é imprescindível que seja dia, e dia claro de preferência.*
> *Uma experiência extraordinária ao ser vivenciada pode converter-se em uma carga insuportável caso não ocorra uma transformação que seja compatível e proporcional, de modo a contrapor o que essa experiência exige. Devo observar que não será tarefa fácil corresponder a essa exigência para quem, como eu, sempre obedeceu ao impulso de ocultar-se na vida.*

Complementou o texto incluindo uma oração, cujo autor desconhecia, mas que considerou pertinente:

Pai, alarga a tua porta. Como sou, não consigo passar. Fiz-este-a para crianças, e meu orgulho e rebeldia me tornaram grande demais. Pai, se não me alargas a porta, então, por piedade, diminua-me. Diminua-me para que eu possa entrar.

PENSAR É SÓ ENSAIAR

Assim como aquele Natal representou para Santa Teresinha do Menino Jesus um divisor de águas, a experiência pela qual ele passou também o transformou por completo. Não mais era o mesmo. Não tirava aquilo da cabeça. Transformou-se numa ameaça. Várias explicações foram tentadas. Nenhuma delas lhe parecia satisfatória. Estava abatido e irritado.

Tornara-se sensível a qualquer estremecimento como alguém que, após um infarto, não deixa jamais de se relacionar com o órgão comprometido. Qualquer sintoma percebido passa a receber atenção máxima. Vivia já por dias e momentos de profundo estranhamento que se apresentavam em intervalos quase regulares e sempre inoportunos.

Passou a considerar os acontecimentos recentes de modo ambivalente – ora de negação completa, ora de convicção absoluta. Duas vertentes que se alternavam sem tréguas.

Numa delas, buscava, esperançoso, trazer de volta seu mundo e seu modo conhecido de viver. Tudo tinha seu lugar sob razoável controle e sustentação – tanto interior como ambientalmente. Nada lhe faltava. Dispunha de suas divagações filosóficas, de sua tão preciosa vivência religiosa, de seu diário, no qual expressava seus aspectos mais íntimos. Havia também o seu trabalho que, embora modesto e mecânico, era livre de qualquer competição e pressão, mas imprescindível ao seu sustento material, bem como na estruturação do seu cotidiano.

Dedicava-se intensamente à leitura, coisa que sua vida solitária lhe propiciava. Era um autodidata insaciável e esse desejo genuíno de saber era um dos seus valores mais caros. Orgulhava-se de ter lido mais livros do que a maioria dos professores universitários. Era quase um erudito. Tudo o que sabia aprendera nos livros. A vida mesmo nunca lhe havia ensinado quase nada. Duvidava que a vida tivesse tal utilidade.

Dispunha de um sistema de convicções intacto e razoavelmente estável, o que lhe permitia tolerar certo volume de contradições e, com um mínimo de ajustes, acomodar sua moderada insatisfação.

Mantinha em seu íntimo um sincero senso de gratidão. Era grato por estar no mundo, embora se sentisse um pouco estranho a ele e até um tanto sacrificado por ele. Seu círculo social era limitadíssimo, mas sua posição era sustentável, apesar dos equívocos pontuais dos quais ninguém escapa. Sempre viveu de si mesmo. Num balanço superficial, ao seu modo, podia passar por satisfeito. Não era de sua natureza estar feliz. Por conta disso, duvidava de tudo. De modo intencional, construíra a fantasia de haver-se envolvido numa enrascada grande demais. Não dispunha de um *tesouro inestimável* subtraído de Satanás. Reconhecia que essa irrealidade agradava sobremaneira seu lado obscuro. Seria temerário ceder ou alimentar tal despautério. Sua memória estava vazia. Não tinha nada consigo. Para sua defensa, dizia a si mesmo: *Não!*

Nessa vertente, punha água fria na fervura e, constrangido, torcia para o fogo se apagar.

•••

Como suporte a essa tão realista argumentação, registrou em seu diário:

> *É temerário abrir mão da negação de realidades acima e além do meu cotidiano, ao qual há tempos me rendi tão completamente e sobre o qual construí e consolidei um entendimento que, embora parcial, tímido e reducionista, é funcional e livre de aspectos incontroláveis. Seria um contrassenso, a essa*

altura, desestabilizar esse equilíbrio conseguido a duras penas e fruto de tantas privações e sacrifícios. Arrisquei-me a conviver com realidades sob as quais não disponho de recursos para lograr êxito. Sinto-me impotente diante de qualquer alteração significativa ou desafio extraordinário em meu viver. Sempre que ousei aventurar-me o fiz de modo indireto, desconfiado, cauteloso e despretensioso. Tal iniciativa poderia apartar-me do meu estado natural, que não prevê nada espetacular a ser incluído na minha biografia. Então, que bobagens são essas? Por que ansiar por uma data, um acontecimento importante que deveria aguardar e acalentar? Uma mudança radical? Temo mudanças e surpresas. Honestamente, meus ideais juvenis já declinaram. Cumpro a rotina em minha vida sem expectativas. Os dias se sucedem sem graça e consumo o dia quase sem aflição, cujo resíduo é um vago contentamento. Então é isso? Sem nada a esperar pela frente, sigo contente?

•••

Quanto à outra vertente, totalmente oposta, a água fervia e ele punha mais lenha na fogueira. Saboreava a certeza de estar metido numa encrenca de amplitude cósmica – e não queria menos. Nada que não fosse no mínimo dantesco.

Pela vida inteira esteve tão fora de tudo e talvez o destino não fizera senão poupá-lo, preservando-o incógnito e não corrompido.

No seio da mediocridade de uma vida tão pequena, antes do áspero chamado Divino, transforma as criaturas e as convida ao renascimento. As escrituras corroboravam... tantos relatos...

Jó era o mais emblemático. Mas descartou Jó. Aquilo não se repetiria jamais. Ainda assim, o Antigo Testamento estava recheado de exemplos similares. No *script* mais comum, indivíduos frágeis e desprovidos de qualquer credencial eram envolvidos por circunstâncias complexas, muito além de seus recursos, mas que reagiam sim.

E contra todas as expectativas, de modo sobre-humano, cumpriam impossíveis missões, completando um destino glorioso. Só não pôde deixar de fazer uma observação, mais que evidente, pois havia um detalhe importante e recorrente: em todos os relatos o papel principal era o de Deus. O Senhor dos Exércitos estava por detrás e a ele, somente a ele, era atribuído toda a fonte do poder. Tudo era executado através dele e, por isso, era sempre glorificado. O agente ficava sempre em segundo plano, não passava de um instrumento. O pré-requisito era a obediência total.

Davi é o exemplo perfeito dessa trajetória rígida e inflexível: parte da insignificância alcança a glória, desobedece, cai em desgraça e, novamente submisso, recupera-se diante de Deus. Repassou de memória a cena em que o fracote Davi enfrentou o gigante Golias. Tudo levava a crer num desfecho medíocre. Contudo, inacreditavelmente confiante, proclamou com altivez: *Eu vou contra ti em nome do Senhor dos Exércitos...* em seguida, profetizou com confiança: *Hoje o Senhor te entregará em minhas mãos....* E isso foi somente o início de uma saga que incluiu também a queda e a posterior reabilitação misericordiosa, claro que depois de arrependimento sincero e súplicas intermináveis.

Nesse ponto, as coisas não se encaixavam bem. No seu caso em particular, o Senhor dos Exércitos não comparecera de maneira explícita, tampouco contundente. Na realidade, o que tinha de compatível era uma passagem incompleta de Lucas que, de modo algum, avalizava ou permitia tais comparações. O mais complicado era a suposição (já assumida) de que fora tocado por Satanás. E como ele sabia, quando a iniciativa parte do maligno, as coisas – segundo as escrituras – não costumavam acabar bem. Poderia até se tratar de mau augúrio, sem dúvida. Isso representou para ele um obstáculo intransponível. Percebeu que não podia mais avançar por ali. Quase desanimou.

Como recurso adicional, restava-lhe ainda a filosofia. Recorreu aos clássicos. Platão o socorreria. Tratava-se de uma questão indefinida e Platão desenvolvera um método para casos dessa natureza.

De forma simplificada, oferecia três regras básicas que permitiriam esclarecer, ou melhor, "conhecer" ideias que se mostram ambíguas ou obscuras: 1º) a ideia precisa ser verdadeira; 2º) é preciso acreditar nela e 3º) deve haver motivos para se acreditar que essa ideia seja verdadeira.

Platão lhe devolveu a ideia principal, ou seja, de que Satanás o havia tocado. Era essa sua verdade. Acreditava que havia sido tocado, mas ainda não tinha motivos ou evidências suficientes para sustentar isso. Por fim, acabou admitindo que também o método de Platão não se ajustava com perfeição. Isso não o impediria de continuar a busca por sinais escatológicos comprobatórios em textos religiosos e incursões na filosofia.

Já era tarde. A essa altura a resposta era *sim*. Não poderia mais abdicar. A proposta era ampla e o incluiria seguramente. Não poderia ser um despropósito. Também ele estava credenciado para ser um predestinado. Faltava-lhe apenas um passo, uma prova ou talvez uma provação para enfim descobrir qual seria a sua missão.

•••

Nesse sentido, escreveu no diário:

> *Quando terei meus dias de deserto? Quando enfim enfrentarei a noite escura da alma? Por que tanto temo e resisto? Os quarenta dias e as quarenta noites são descritos nos evangelhos. A noite escura da alma também. E, em ambos os casos, no final, o medo cede, a mente cala e o sofrimento cessa. O que se lê nos evangelhos é que, depois dessa provação, um novo homem se levanta e, transformado, completa seu destino. Realiza o seu propósito. Que seja logo. Estou pronto. Minha resposta é: Sim! Basta desse espírito tão dotado de evasivas, infindáveis averiguações e desnecessárias comprovações.*

O PRIMEIRO PARADOXO

Quando só nos cabe esperar, a resignação constitui um artifício útil, pois nos libera do peso da ação. Antecipar os acontecimentos abre regiões inexploradas na consciência, as quais desmentem nossa crença estabelecida na superioridade da atividade mental frenética e no planejamento ativo incessante.

Ao desistir de toda especulação, os fatos começaram a vir à tona e ficaram livres do previsível estardalhaço.

Também não veio tudo de uma vez. Foi a conta-gotas o processo, cheio de rodeios e digressões. Não se apresentou como um enigma. Revelou-se apenas um simples quebra-cabeça, desses para crianças, cujas peças se encaixam na primeira tentativa.

O guardião não se fez de rogado. Nada cifrado. Como alquimista, calibrou a dose. Foi compassivo. Por seu lado, ele se comportou com extrema passividade, como se estivesse sendo assistido ou conduzido tal qual um cego, cujo acompanhante informa o lhe que vem pela frente, transmitindo confiança e zelo.

As lembranças chegavam em ondas minúsculas e ele, atento e paciente, as acolhia como se tivesse o compromisso de transmitir a um terceiro, mais tarde, de modo fiel e literal. Essa conduta era própria dele. Um recurso observativo, prática utilizada e comprovadamente eficaz: não formar juízo, não conjecturar e nem mesmo classificar. Esse era seu método preferencial, um critério quantitativo. Sempre viveu de recolher gravetos: juntar o máximo, sem descartar ou desprezar nada e, depois, repassar tudo meticulosamente.

Por outro lado, o fator decisivo e facilitador foi que o conteúdo, embora estapafúrdio, não era alarmista. Bem longe disso, pois se tratava de uma notícia deveras alvissareira, uma boa-nova, sem dúvida positiva e singular, relacionada com o mais antigo e último problema do homem: o problema do mal. Referia-se sobre o final do ciclo do mal – a herança maldita a nós legada, já no princípio da nossa criação.

As lembranças emergiram em cascata, nessa ordem: primeiramente, a constatação inequívoca de que o contato com o maligno fora real. Depois, a confirmação de que, naquele contato, algo realmente fora transferido e cuja marca indelével se apresentava como doação de sentido e identidade como garantia de autenticidade. E o que ficou registrado em sua memória e que agora se revelava era tão inverossímil que somente uma alma previamente condicionada poderia ancorar. Também justificava o "apagamento" temporário sofrido, considerando tanto a temática como a natureza da revelação.

O conteúdo referia-se a um movimento paradoxal que Satanás viria, em breve, empreender. Esse movimento, essa ação inimaginável, era abdicar de sua posição conquistada e consolidada de príncipe deste mundo. Em palavras mais diretas, suspender toda ação demoníaca, recolher suas hostes e, de forma definitiva, abrir mão de seu reinado sobre este mundo – o que contrariava os paradigmas do hegemônico Satanás, cuja influência é explícita e eficaz na transgressão das regras e dos limites na relação dos homens com Deus.

Como informação adicional e complementar a essa ação suspensiva, levaria consigo os que já eram seus. Faria uma última e definitiva colheita de seus próprios frutos. Daria um fim ao círculo vicioso do grande engodo, cujos estragos jamais se esgotaram. Em seu antiquíssimo e quase imemorial balcão de negócios com as almas terrenas, cujo objetivo primordial era eclipsar Deus aos olhos dos homens – inaugurado por Eva, depois por Adão –, as atividades seriam encerradas em definitivo. A quitação das pendências obedeceria a um critério pragmático e a uma complicada e rigorosa sequência cronológica. É claro que não se limitou a isso. Fora apenas um preâmbulo, uma introdução, um resumo enfim. Sob certo ponto de vista, até tranquilizador, é verdade, exigia complementação e esclarecimentos de modo a permitir completa compreensão.

Esse processo, fracionado e lento, se estendeu. Aos poucos, foi ganhando amplitude, incluindo detalhes, pormenores, aspectos subjacentes, e só ao final do dia é que ficou concluído.

É importante ressaltar que tudo se passou à luz do dia, entremeado aos seus afazeres, gotejando devagar nas brechas do seu pensar objetivo que sua rotina exigia. Portanto, não foi um sonho, tampouco uma alucinação. Dispunha de total lucidez. Mantivera-se neutro e distanciado, como alguém que toma ciência de uma notícia ou de um acontecimento extraordinário, até mesmo trágico, ocorrido num país longínquo. A princípio não nos diz nada em particular. Quando não reagimos prontamente, não buscamos opções. Só muito mais tarde é que o ligamos a um juízo.

Sob qualquer ponto de vista, foi bastante desproporcional. Embora não houvesse como explicar, fora capaz de conter e conciliar a complexidade de tal revelação. Foi um passo apenas reintegrar suas recordações e retomar posse de sua memória, uma solução parcial que não eliminava o grande enigma, o extraordinário mistério. Perplexo, deu-se conta de que aquelas revelações eram elementos novos, ameaçadores, um profundo incômodo que o envolveria numa roda de infortúnios.

•••

No regresso para casa, fez outro caminho. Durante o trajeto, experimentou um sentimento de plenipotência, jamais sentido. Mas esse sentimento não prosperou. Soberba e prepotência nunca o convenceram. Num outro pensamento, confrontou-se com o velho e imprevisível destino caprichoso, que sempre esconde estranhos objetivos.

Continuava a caminhar sem pressa. Mais adiante, voltou a lhe ocorrer que a passagem de Lucas poderia fazer parte de tudo aquilo. Isso prosperou. Estava na hora de ver que uma coisa estava relacionada com a outra; uma ligação, uma confluência. A primeira parte do versículo 32 tomou novo sentido, associando-se àquela manhã fatídica, quando uma interferência de potência superior, a que o atingira, atuou para protegê-lo. Atribuiu tal livramento ao próprio Deus e não deixou de lhe agradecer por isso. Eis a primeira parte do versículo: *Mas eu roguei por ti, para que tua confiança não desfaleça.*

Fez, então, um silencioso reconhecimento de que sua vida tomaria um novo rumo – embora ainda desconhecido. Sem que pudesse evitar, desejou estar incluído no mundo dos eleitos – seja lá o que isso significasse. Sua modéstia o alertou na mesma hora. Segurou a respiração, aguardando o revide. Mas nada aflorou em sua mente. Concluiu que aquilo Deus deixara passar. Sentiu-se arrebatado por alegria e contentamento. Apressou o passo. Tudo acabaria bem. Deus fazia parte daquela equação.

Em casa, permaneceu sereno. Conviveu sem conflito com aquele abismo estabelecido entre sua visão anterior e sua expressão atual. Não fazia nenhuma pergunta, ainda...

•••

Anotou em seu diário:

> *Creio que toquei o teto do meu pequeno mundo. Nenhuma operação evasiva pode ocultar isso. E, talvez, o tenha feito de modo invertido – de ponta cabeça. Dali, posicionado mal, vejo o abismo. Que eu não confunda a névoa em seu fundo com nuvens de um céu promissor, que me leve a ser dominado pelo ímpeto suicida de lançar-me nele, num voo cego, imaginando irromper para um sol que não está lá.*

Depois, de modo mais objetivo, acrescentou:

> *Sei dos perigos que corro. Por causa da imprecisão inicial,*

posso passar a ver e tratar a colheita final como ficção, ignorando as perguntas que surgem dessa escuridão; ou posso alcançar tal nível de identificação que seja depois incapaz de enfrentar ou discernir questões fundamentais. Na segunda hipótese, a deformação poderá ser tão desfiguradora que a minha alma venha estar desvinculada do meu ser.

A TESTEMUNHA

NA TRADIÇÃO MÍSTICA, A PARTE DO SER que confirma o observador é denominada testemunha. O observador é quem detém a percepção abrangente, totalitária.

O pensador é a manifestação da mente cerebral que detém a percepção fragmentada.

Na tradição cristã as duas testemunhas que assistem a Cristo no final dos tempos são Moisés e Elias, conforme descritos no livro do Apocalipse. As duas testemunhas são denominadas "duas oliveiras" ou "dois candelabros", que se mantêm fiéis e inabaláveis. Em Zacarias 4-14 são descritos assim: *Dois ungidos do Senhor que assistem diante do Senhor de toda terra.*

Naquele caso, na sua experiência, quem era a testemunha? Quem o confirmaria?

•••

No dia seguinte, tão logo despertou, as perguntas o assaltaram. Mas não se rendeu a elas. Pretendeu primeiro fazer um balanço preliminar, uma incursão através do que conhecia sobre Deus e sobre o Diabo. Era tempo de fazer reflexões mais profundas sobre o bem e o mal, sobre o passado e o futuro; reunir ordenadamente o que sabia, recrutando seus próprios conhecimentos. Dedicaria aquele dia exclusivamente para estabelecer os limites do mal; compreender sua natureza e sua condição rebaixada, para depois expandir o campo, à procura de um significado que lhe fizesse sentido. O que conseguiu, resumiu-se ao seguinte: a questão paradoxal é que Deus permite o mal. O ofício da tentação, da infestação e da possessão, seja da forma ordinária ou extraordinária, está estabelecido. Embora dotado de capacidade superior a qualquer ser criado, Satanás não é onipotente, como também não é onisciente ou onipresente. Estes são atributos exclusivos de Deus. Por isso, pela sua própria natureza, os demônios não dispõem da prerrogativa de conhecer o futuro, pois este depende de um ato livre de Deus. As limitações decorrem da sua própria condição de ser criado e da vontade permissiva do Criador. Todas as faces do mal estão expostas.

Embora estas sejam questões teológicas, cujas discussões ainda não tenham se esgotado inteiramente, em seus aspectos secundários e periféricos, no essencial o consenso está estabelecido.

O problema é que não se tratava disso propriamente. O conteúdo do que estava sendo apresentado, ou seja, a renúncia de Satanás, a desistência de sua ação sobre o homem e este mundo, não estava previsto em parte alguma das Escrituras, tampouco fora objeto de tratados teológicos.

Sim, era de seu conhecimento que houve, desde o princípio do Cristianismo, a reconciliação dos anjos decaídos com Deus. Mas essa hipótese não prosperou e foi há tempos condenada pela igreja e pelos santos padres. Hipótese também rejeitada pelos seus mais respeitados pensadores, sob o argumento de que aos anjos – diferentemente dos homens – não lhes eram permitidas escolhas provisórias ou qualquer possibilidade de barganha. Isso também já estava estabelecido.

Isso o impediria de desistir? Nunca se poderia pensar em Satanás como uma carta fora do baralho. Ao protagonizar esse fantástico evento, ele teria habilidade para incutir, confundir e até submeter a todos um estado de amnésia. Afinal, no início dos tempos, de maneira unilateral, Lúcifer se rebelou. Contra todas as expectativas e de maneira intempestiva e insolente, proferiu: *Não servirei!* (Jeremias 2-20). E não estava só.

Uma terça parte da criação angélica estava com ele; e com ele esta terça parte foi expulsa do mundo celeste. Mais adiante, quando da criação do homem, novamente tomou a iniciativa. Por sua ação direta e pelo mesmo pecado – a desobediência –, o homem perdeu o paraíso para sempre. Mas o que o levou também a isso? Seriam os anjos também sujeitos a insanidades a ponto de julgar que a traição seria um modo de agradar ou servir o objeto de sua devoção?

O que o levava a especular se Satanás tinha por objetivo reconciliar-se com Deus, enfrentar suas dificuldades para perpetuar o mal e implorar uma revisão? As asas de Ícaro inspiram mais confiança. Parecia que ele queria era testar até onde chegaria o fundo do poço, desejoso de sacudir esse jogo absolutista e sem volta.

Paul Valéry dá a seu Fausto a melhor objeção feita a Mefistófeles: *Devorador de almas que não sabe degustá-las! Você nem suspeita que há no mundo muitas coisas além do bem e do mal.*

Decidiu prosseguir por outro caminho.

•••

Passou a considerar a segunda parte das pretensões de Satanás referente à colheita final.

Quanto a esse aspecto, não tinha dúvidas. Satanás não tinha autonomia para aquilo. Dependeria do beneplácito de Deus. Seja qual fosse a perspectiva, Satanás estava sujeito a uma estrutura de subordinação incontornável. Isso está claro nas escrituras: os demônios só podem agir em detrimento do homem com a permissão de Deus. Nesse ponto, abriu um parêntese: "a inclinação humana para o mal, na realidade, é potencializada pelos demônios, mas não é sua única causa, pois o homem traz consigo uma natureza já ferida pelo pecado original, além do próprio mal do mundo."

Visto dessa forma, o mal sustenta-se sobre uma tripla concupiscência. Isso significa que o homem, através do livre arbítrio, pode escolher o mal independentemente da ação direta ou indireta dos demônios, o que mostra que o cetro da maldade e da destrutividade humana não pode ser atribuído com exclusividade a Satanás. Há, portanto, nesta questão, responsabilidades a serem divididas.

Na verdade, Satanás age sobre o homem como meio indireto de atingir a Deus. Ele sabe o quanto o homem lhe é precioso. Sua sina é pretender ser como Deus: *subirei sobre as nuvens mais altas e me tornarei como o Altíssimo*. (Isaías, 14-14).

De todo o modo, permanecia o fato de que Satanás não poderia realizar a pretendida colheita final sem que esta ação estivesse subordinada à vontade ou permissão de Deus.

•••

Fazia essas considerações, buscando situar-se naquilo que supunha estar metido. Isso era mais fruto de sua incansável natureza investigativa. Como ganho subjacente, constatou com satisfação o que já suspeitava: até mesmo para as potências espirituais existiam limitações e freios. Sentiu-se aliviado. Estava claro que os demônios são criaturas dotadas de uma perfeição natural muito superior à dos homens. Porém, sujeitos ao mesmo Deus, que era também seu próprio criador.

Deu como encerrada a incursão. Rendera-lhe pouco, é verdade; só não estava decepcionado e seu próximo passo já estava definido. Dedicar-se-ia a explorar o livro do Apocalipse, no qual nenhuma razão humana nem a bondade Divina se apresentam seguras ou livres de contradições.

•••

Fechando aquele dia, anotou em seu diário:

> *A vida em si é simultaneamente delimitada pelo banal e pelo sublime, sempre prevalecendo um desses polos, seja por sua maior constância ou intensidade. Não há como negar que o sublime raramente prevalece. E para mim, o sublime não é senão a ressonância do que é espiritual, reflexiva e abrangente, que promove, de modo impressionante, a sensação de estar seguro e*

salvo pelo que, para os que estão vivendo no outro polo, parece tão pouco. Mas há quem insista que o centro é o melhor lugar. Defendem uma posição intermediária como uma virtude em si. Não é o meu caso. Não quero ser seduzido pelo tímido "caminho do meio" ou me render ao culto do equilíbrio virtuoso. Há um aspecto essencial que parece estar me escapando, para compreender que nos comunicamos com o mundo por meio de personagens que nos são impostos quase sempre sem o nosso consentimento. E neste momento tão particular, sinto que corro o risco real de ser transformado num ventríloquo quando, à minha revelia, diferentes vozes poderão falar através de mim. Quanto à testemunha, creio que não a terei, pois agora já começo a compreender melhor a segunda parte do versículo 32: "e tu, por sua vez, confirma os teus irmãos".

O LIVRO DO APOCALIPSE

Eu vi ainda: uma nuvem branca, sobre a qual se sentava o Filho do homem, com a cabeça cingida de coroa de ouro e na mão uma foice afiada. O Ser que estava assentado na nuvem lançou então a foice à terra, e a terra foi ceifada.
(Ap. 14-14.16).

O LIVRO DO APOCALIPSE É OBRA do apóstolo João, escrito já no final de sua vida. Este é o livro mais difícil de se compreender e o mais enigmático de toda a bíblia. Discorre sobre um tempo indefinido, entre a ascensão de Jesus e sua volta gloriosa. Fala do final dos tempos quando o império das trevas será derrotado e varrido da terra. É o tempo da separação dos bons dos maus, do joio do trigo.

Cogita uma proporção de meio a meio, embora Zacarias atribua ao joio dois terços. Segundo esse livro, os que ficarem desejarão não terem sido poupados, tal o sofrimento e a desolação a serem experimentados. Relata batalhas em que o sangue dos mortos subiu à altura dos freios dos cavalos. Em Mateus 24-22, está escrito que "se aqueles dias não fossem abreviados, criatura alguma escaparia, mas, por causa dos escolhidos, aqueles dias serão abreviados". Jesus é o guerreiro, o cavaleiro. Ele traz consigo o exército celeste e seus anjos devastam a Terra, espalhando inúmeros flagelos. Fala também de renovação, um novo céu e uma nova Terra. Embora profético e fatalista, não é definitivo. Mantém aberta a porta da misericórdia Divina, a qual, mais uma vez, poderá ultrapassar sua justiça.

•••

Conforme se propusera, por dias seguidos, dedicou-se ao livro do Apocalipse. Leu e releu. Foi e voltou. Era um labirinto. Consultou livros que se propõem desvendá-lo. Em vários títulos, confrontou-se com muita bobagem, que insultavam sua inteligência. Não tirou deles proveito algum. Tudo em vão. Avançou pouco, quase nada mesmo. Enfim, desistiu.

Voltou-se para os evangelhos sinóticos para ali se reencontrar com Jesus, o manso. É que no Apocalipse Jesus se mostrou quase irreconhecível. Pareceu-lhe tratar-se de um outro Jesus.

De volta a esses evangelhos, não pôde evitar comparações que deram origem a uma suspeita, mas sem acolhimento imediato. A suspeita ficou ali, rejeitada, fermentando, tomando contornos, até não mais poder ser ignorada. A ideia que se originou tão inverossímil, inadequada e desconfortável se referia à figura de Jesus – do Jesus compassivo e misericordioso, manso e amoroso, que o catolicismo nos apresenta desde a catequese; que morreu na cruz por causa dos nossos pecados e que permanece vivo no coração dos convertidos.

Na sua volta gloriosa, num cenário de guerra, destruição, flagelo e desolação, a frente de seu exército celeste exterminador destoava. Em nada se assemelhavam. Apresentava-se transformado, transfigurado, quase inaceitável.

E essa ideia, impressão que sua mente já amparava de maneira incontestável, desaguou em outra hipótese, própria de um herege: teria o Deus Pai, assim como ele, verificado esta incoerência tão evidente e alterado seus planos, visando poupar seu Filho amado daquele papel tão incompatível com que ele significava? Sim, certamente ele teria revisto e encontrado uma maneira de atingir o mesmo objetivo, já decidido, contudo, sem macular tudo aquilo que seu Filho simbolizava.

Nessa hipótese, a colheita final de Satanás encaixava-se como uma luva no contexto desse novo desfecho. Tudo muito simplificado e conveniente, sem prejuízo do objetivo a ser alcançado: a vitória sobre Satanás, mas cuja implementação promoveria também um encontro de coisas já tão separadas.

Tudo poderia se passar assim: Satanás faria uma limpeza prévia. Colheria seus frutos (os maus, o joio) e, sem resistência, sem luta, retirar-se-ia, depois, para onde quer que lhe estivesse reservado, deixando atrás de si e dos seus uma Terra livre de todo o mal, de toda diáspora e apostasia.

Como vantagem adicional, Satanás se propunha, em certa medida, a uma colheita discreta. Ceifaria em sua própria messe, de forma objetiva, seletiva e direcionada. Evitaria todo aquele estardalhaço – fogo, flagelos, cataclismos e tudo o mais.

Restaria a Jesus o cumprimento da promessa; a tão esperada e tão desejada volta triunfal para renovar a terra, etc.

Orgulhoso, congratulava-se intimamente. Caiu em si. Deu-se um soco na cabeça. Ficou estarrecido de pavor e culpa. Deu-se conta de que brincara com fogo. Percebeu até onde havia sido arrastado por aquele raciocínio diabólico. Cometera uma imperdoável blasfêmia, um grave pecado. Sob nenhuma circunstância, poderia ele ou qualquer criatura terrena especular de maneira tão leviana.

Circunscrever os limites do mal, como fizera antes, era uma coisa; pôr em dúvida os desígnios de Deus era outra. Reformular, corrigindo seus planos, era extrapolar de modo imperdoável sua natural insignificância.

Negou e renegou tal iniciativa. Arrependeu-se por deixar-se levar pela mente imaginativa e pretensiosa. Pensamentos dessa natureza não procederiam de Deus ou do Santo Espírito. Permanecia com o coração frio, inconsolável. Tinha temor a Deus. Estivera maliciosamente negando-O, impondo condutas e reparos à perfeição Divina.

E quanto a Jesus? Enquadrara Jesus a suas próprias medidas: isso pode, aquilo não, isso destoa, aquilo não combina. Que presunção! **Agostino** tinha suas razões ao sugerir que a curiosidade corrompe o homem.

Por um bom tempo, recriminou-se impiedosamente. Seu ego

tão exposto fora atingido mortalmente. Desolado, foi para o "deserto".

•••

Esse foi o resultado que aqueles dias produziram. Visto por uma perspectiva mais abrangente, fora um ganho sem dúvida; embora naquele momento não houvesse como ele reconhecer tal benefício.

Em seu favor, poder-se-ia argumentar que existem certas coisas, inerentes ao Cristianismo, que só fazem sentido para quem já caminhou nele um bom trecho. Não era o seu caso. Além de imaturo espiritualmente, era ingênuo. Sempre tivera uma vida pequena e limitada em experiências. Detinha conhecimentos sobre sua religião acima da média. Compartilhava sua visão, mas esbarraria na sua incapacidade de relacionamento, sua opção intransigente ao isolamento. E o Cristianismo não é um caminho solitário. Ademais, o Cristianismo tem de fato suas dificuldades. Nunca se apresentou fácil para ninguém. A vida dos santos e até mesmo a dos apóstolos testemunham os inúmeros obstáculos que se apresentam como crises, recuos, equívocos, negações, contradições, e a dúvida de cada nova encruzilhada. São também aspectos de uma doutrina contagiada pela cultura grega, cuja filosofia é rebelde e perturbadora. Essas características, que tanto a enriquecem, dificultam, sobremaneira, ao cristão mais esclarecido, sua rendição incondicional ao Espírito. Sua entrega confiante é livre de conflitos a essa proposta contraditória, desconcertante e, ao mesmo tempo, irresistível e fascinante.

Aos que são tocados, é impossível rejeitar. Jesus nos convida a vivenciar. No entanto, nada disso chega a ser considerado um impedimento. Ao contrário, são encarados como necessários e indispensáveis para o crescimento na fé e na decisão em servir a obra de Deus.

Descobrimos que a aceitação dessa realidade aumenta de maneira crescente nossa tolerância à incerteza. Fora assim para tantos, seria assim também para ele.

•••

Em seu diário, resumiu os resultados desses dias com essas palavras:

> *Minha disposição involuntária, mas irresponsável, em afrontar o Sagrado, através de um discurso tateante, desdenhoso e improvisado, quase destruiu os meus mais valiosos ativos. E essa perspectiva que inclui as minhas insolências em série parece encarnar todas as emoções conflitantes atuais, segundo as quais, eu teria ido longe demais, ou não teria ido longe o bastante.*
> *Representa um desafio caminhar sobre essa fronteira sem perder o tom realista; perder-me na escuridão e desvincular-me do calor da luz de Deus.*
> *Como consequência minha alma atravessa a noite do espírito. Nessa travessia, sinto repulsa por mim mesmo. Enquanto meu ser experimenta tal repulsa, Deus me deixa só, de modo a garantir que os golpes sejam ainda mais duros e sem interferir nas escolhas que acabarei por fazer. Aguarda até que eu O aceite nessa solitária noite no deserto e que nela eu também encontre o meu propósito.*

MONTANHA RUSSA

Determinadas escolas esotéricas dividem a vida em ciclos, os quais regem diferentes aspectos e são essencialmente temporais, ou seja, têm começo, meio e fim. Trata-se de um modo prático de explicar e esclarecer como e quanto nossa vida está sujeita a certas leis, que alcançam a todos. Quando não observadas, as leis nos colocam em rota de colisão com o mundo, envolvendo-nos em incessantes conflitos que dificultam, sobremaneira, nossa vida e provocam danos irreparáveis aos que convivem conosco.

A dinâmica própria dos ciclos deve ser respeitada, visando preservar nossa integridade geral.

Duas situações principais são consideradas arriscadas: a primeira é insistir em estender artificialmente um ciclo, além do seu tempo regular. Esse procedimento consome energias que seriam destinadas ao ciclo seguinte, com prejuízo para ambos os ciclos. A segunda é interromper, intencionalmente ou mesmo acidentalmente, um ciclo em andamento – o que também consome muita energia.

Aceitar o final natural de um ciclo, sem resistir; não interromper um ciclo prematuramente; e não oferecer resistência ao ciclo subsequente é harmonizar-se com a vida.

Quanto à vida real, prevalece o instinto de conservar tudo como está, resistindo ao novo, refém do conhecido e do ajustado. Certos acontecimentos ou certas experiências pelas quais passamos têm a propriedade de colaborar para o encerramento de um ciclo que, às vezes, por um período prolongado, permanecemos nele, embora há muito tenha se esgotado, colhendo toda sorte de negatividades. Mantemo-nos nele, atolados, paralisados, improdutivos e insatisfeitos. Seja por falta de um choque desestabilizador ou devido a circunstâncias desfavoráveis que, oriundas da própria vida, impedem aquele ciclo de engatar-se ao seguinte. Então, quando algo rompe essa inércia estagnadora, surge a oportunidade de inaugurar uma nova fase, uma nova etapa, que nos permitirá avançar, tocando nossa vida adiante sem o acréscimo de dificuldades extraordinárias.

Mesmo que incompreensíveis naquele momento, tais oportunidades devem ser encaradas e recebidas com festejamento íntimo, como privilégio, pois são raras e, por isso, preciosas. São também evidências seguras da presença extemporânea do imponderável agindo ao nosso favor. São sinais inconfundíveis das garantias de que a universalidade pode, excepcionalmente, nos proporcionar. É a mão liberal do destino nos movendo amigavelmente para a rota mais segura e conveniente. Para aquele que crê, deve ser vista como aquilo que é: apenas como graça.

•••

Para ele, a somatória dos últimos acontecimentos, incluindo-se o desdobramento, de certo modo infeliz, que a leitura do livro do Apocalipse produziu, foi o choque providencial que propiciou o encerramento daquele ciclo já superado, mas artificialmente prolongado e já insustentável ao qual sua vida estivera presa.

Estava livre para seguir um novo rumo, deixando para trás o condicionamento que produziu efeitos anuladores, negativos, sufocantes e tão dissimulados pelos comodismo e autoindulgência.

Na verdade, por mais que evitasse lidar com variáveis mais complexas exteriormente, tinha consciência do artifício infantil que utilizava para se manter à parte, autoexcluindo-se. Seu perfil bem o sabia. Enquadrava-se no que a psicologia classifica como esquizoide, tão comum em nossa modernidade tecnológica.

Em meio a essa transposição de um ciclo para outro, constatou sem dificuldade que sua vida até então fora regida pela ideia subjacente ao versículo 35, o qual também para os apóstolos produziu o mesmo efeito: um misto de conformismo, dormência e dependência, gerado pela condição protegida de que a companhia e a liderança que Jesus proporcionava. Tudo era indireto, descompromissado, auspicioso e dependente de incessante oblação. Eis o versículo: *Quando vos mandei sem bolsa, sem calçado, faltou-vos porventura alguma coisa? Eles responderam: "Nada!"*

Nada também lhe faltara. Sempre viveu ensimesmado, cheio de reservas e autorrestrições; desprovido de ideal, evitando expor-se por não confiar em seus próprios recursos. Como os apóstolos, tinha Jesus também como fonte, apesar de menos direta de sua providência. Jesus era seu guia e mestre insondável. Agora uma nova fase se iniciava. E esta seria regida pelo versículo 36, bem diferente: *Mas, agora, aquele que tem uma bolsa, tome-a, aquele que tem uma mochila, tome-a igualmente, e aquele que não tiver uma espada, venda sua capa para comprar uma.*

Nada relacionado à dependência ou à imobilidade significava ação e tudo ele entendia como já definido e determinado. Havia um trabalho a ser feito, uma missão a ser cumprida.

Sentia-se um homem renovado. Poria de lado os potenciais obstáculos psicológicos e passaria a dispor de um claro entendimento de si mesmo.

•••

Bem, olhando mais de perto, tratava-se de uma visão otimista demais. Na verdade irrealista, e em seu caso também ingênua. Sua coragem, entusiasmo e aquela rara disposição que experimentava estavam ligados a sua visão pregressa mais do que poderia imaginar ou admitir. Seu passado estava ainda vivo e atuante como nunca. Valia a máxima: *o passado nos condena e humilha sempre.*

O que sustentava essa euforia embalada de confiança era produto de associações em sua mente criativa, que construíra novas ideias e interpretações a respeito dos fatos.

O fato novo, sua mais recente convicção, era que, embutida na informação sobre os planos de Satanás, havia recebido a missão de tornar público aquele fato.

No afã de entender e definir a problemática razão de ele estar de posse daquelas informações (e justificar o seu envolvimento, até então, sem qualquer explicação), propôs-se a dar um passo no escuro e, sem dispor de evidências nesse sentido, concluiu que caberia a ele tomar alguma atitude. Caso contrário, não teria sentido algum. Tratava-se de manter a coerência entre a revelação dos planos de Satanás e sua posição dali em diante. Parecia lógico que, se foi levado a conhecer tais fatos, não poderia deixar de suspeitar que a ele caberia uma função decisiva a ser desempenhada.

Ele justificou com convicção quase religiosa que a divulgação antecipada seria de fundamental importância para o futuro. Caso contrário, o que poderia justificar tamanha discrepância? A indefinição era a quem, de fato, estaria servindo.

•••

Esse era o seu aspecto complementar. Sua insuperável "montanha russa". Partia do nada, percebendo apenas, o que se passava de manifesto e oculto. Reinterpretava o oculto até chegar a uma proposição engenhosa, de modo a retroalimentar e precipitar sua assimilação pelo já estabelecido. Transformando-se ele nesse processo de assimilação, assumiria o papel onipotente daquele que tudo sabe e tudo explica. Em seguida, faria observações incisivas e meticulosas para livrar-se das evidências do artificialismo e contradições de tal construção do imaginário, bem como para criar a sensação de verossimilhança. Depois, a obra-prima seria colocada em destaque, elevada, sobrepondo-se à realidade planificada, distanciando-se dos fatos. Em seguida, faria os ajustes; engatando ideias acessórias. Depois, as liberaria. Uma descida incontrolável, desembalada, desembestada e, claro, desenfreada, e as cartas embaralhadas, prontas para mais uma rodada.

Estranhamente, nesse processo imaginativo, não tinha dificuldade em analisar com frieza a complexidade da situação para amparar tais delírios. Caso necessário, reivindicava para si, uma ordem regida por leis elásticas, elaboradas em função das necessidades, completando um intenso processo de preparação. O improvável o estimulava; não inibia sua criatividade original e instigante.

Em complemento à ideia principal de tornar públicas as intenções de Satanás, via também a possibilidade de que não fora o único para quem essa missão fora confiada. É certo: haveria outros envolvidos. Sua mente fervilhava. O pensador é o mágico.

O automatismo de inventar novos cenários – criando com esse artifício opções de menor comprometimento, de modo a reduzir sua participação e atenuar sua responsabilidade e diminuir sua incerteza – não era novidade. Essa trilha era conhecida e já em infinitas ocasiões percorrida. A única dificuldade era sua aversão por atuar em parceria – um preço alto.

Partindo da expectativa de que sua "experiência" não tivesse sido exclusiva e que haveria outros envolvidos, diminuiu sua ansiedade. A partir disso, foi possível articular os argumentos para amparar essa possibilidade. Procurou ser mais expositivo do que investigativo.

Revelações simultâneas – envolvendo várias pessoas, mesmo distantes e sem nenhuma relação entre si –, estavam presentes na literatura, no cinema... Quem não se recorda do filme *Contatos Imediatos do Terceiro Grau* quando centenas de pessoas recebem um mesmo sinal indicativo e uma motivação tenaz para dirigirem-se a um mesmo ponto predeterminado?

Mesmo a bíblia relata casos sincrônicos. No entanto, o caso em questão não tinha precedentes. Era singular e talvez pudesse, pelas características e envergadura próprias da empreitada, envolver mais gente. Os apóstolos, por exemplo, levaram a boa-nova em equipe. A bíblia cita os 12 e também mais outros 72 discípulos (os quais Jesus manda, dois a dois, adiante de si, por todas as cidades e lugares por onde passaria).

Um caso para se pensar. Isso foi um forte argumento no sentido de apoiar sua imaginação. Haveria então testemunhas. Haveria confirmação. Isso era fundamental e o que ele mais desejava: as benditas testemunhas.

•••

Sim, estava ainda utilizando ferramentas remanescentes. O passado é um fator condicionante poderoso e quase sempre inevitável para todos nós. Tendemos a repetir de maneira automática os mesmos raciocínios, reações, posturas e atitudes, cujo repertório, limitadíssimo, não nos proporciona alternativas. Contudo, havia uma razão mais fundamental. O fator de maior influência e que não pôde ser desconsiderado, relacionava-se à incerteza quanto ao envolvimento de Deus com aquilo tudo.

Todas essas evasivas eram fruto dessa dubiedade. Estava só e intuitivamente sabia que permaneceria só até o final. O que era mais terrível: sem notícias nem sinais de seu Deus. Essa era a razão também de trazer para o contexto e para si a passagem de Lucas. Representava sua única ligação que tinha mais expressividade pela sugestão subentendida do que pelo que realmente expressava.

Era pouco, muito pouco, mas era o que tinha. E para ele, não havia como seguir adiante. A igreja seria uma participante incerta. Era um homem religioso e não poderia viver sem religião. Por esse motivo, faria daquela passagem sua lei. Transformaria aqueles poucos versículos numa comunicação direta e indubitável entre ele e Deus. Seria seu guia, sua bússola, sempre apontada em Sua direção. Seria seu tesouro inestimável.

•••

Em seu diário, tratou dessas dúvidas desamparadoras e de sua insustentável solidão.

Quando nenhuma resposta é dada ou percebida, devo abrir as portas dos impulsos e da imaginação? Ou terei direito a respostas somente quando aceitar o que se me apresenta, mesmo que desprovido de evidências e que se apoia num enredo inescrutável como principal trunfo? Antes de atravessar essa fase, essa terra de ninguém, o vazio e a solidão reinarão supremos sobre minha alma?
Tudo ficará indefinido a ponto de não ser mais possível reconhecer a diferença entre o falso e o verdadeiro? Terei também que ler os lábios e aprender a linguagem dos sinais? Não haverá como saber? Se assim for, devo concentrar meus esforços em pequenas ações diárias e não em planos grandiosos. O processo deverá ser incremental: a cada avanço, uma síntese. A abertura virá de uma distensão. Caberá a mim, de modo diligente, reatar todos os fios soltos. Que pelo menos Deus me conceda os dons que Seu Santo Espírito a todos promete.

A GRANDE REDE

EMBALADO AINDA PELAS VELHAS PREMISSAS – como também por sua mais recente hipótese de que aquela missão poderia não ser solitária –, especulava agora como ele se reuniria aos demais. Acabou por concluir o óbvio: caso existissem, os encontraria na Grande Rede.

Inicialmente, propôs-se a um rastreamento diário. Logo depois, convenceu-se a ir mais além após examinar a possibilidade de ali também se expor. Com isso, ampliaria em muito suas chances numa via de mão dupla.

Faria o seguinte: postaria uma página com um duplo objetivo, fazendo a divulgação dos planos iminentes de Satanás conforme "sua missão" determinava e, por meio desse anúncio, poderia ser identificado pelos demais envolvidos os quais poderiam também contatá-lo.

A ideia lhe pareceu bem engenhosa, de fácil implementação e de grande alcance e abrangência. A primeira providência seria compor a mensagem a ser postada. Foi nesse ponto que percebeu que teria sérios problemas. Atentou-se à natureza do assunto.

Teria de cercar-se de precauções já que o tema era complicado e reações imprevistas poderiam surgir. Para isso, teria de ser cauteloso. Aquele assunto poderia descambar por um viés caricato. O risco de parecer uma piada ou mesmo maluquice era enorme. Seria fundamental não descuidar da questão da credibilidade.

A verdade é que o tema não ajudava. Era como um pântano traiçoeiro e, num certo sentido, extrapolava a realidade materialista e cientificista atual. Havia ainda outros agravantes; um deles estava relacionado ao conceito do bem e do mal, de Deus e do Diabo, o qual havia se afastado bastante do esquema original. Havia bastante confusão em torno disso. Nem estavam mais claramente separados. Eram considerados até mesmo complementares e inseparáveis.

•••

Há tempos o Cristianismo puro-sangue se encontra sob intenso fogo pesado, com questionamentos e revisões incessantes e implacáveis. Sob diversos aspectos, movimentos como o da Nova Era, seitas diversas, entre outros, influenciados ou não pelas doutrinas orientais, apontam para direções distintas do Cristianismo original. Através dessas novas abordagens, Deus pode ser deusa, força, energia, o vazio, etc. Quanto ao Diabo, não é diferente. Cabe de tudo, e cada vez se acrescenta mais. Tudo isso aceito de maneira deslumbrada e submissa e, ao mesmo tempo, é apresentado de diversas formas, com liberdade de interpretação; por extensão, liberdade de alma.

O sucesso dessas novas abordagens cacifou voos mais altos, pois se tornaram corriqueiros. Eis a medida de sua importância.

Foi visto como uma libertação, já que flexibilizava todas as regras; e, ao que tudo indica, estão felizes com essa liberdade, já que é sempre possível revisar, adaptar, mudar, romper, re-escolher. Como resultado, essas tendências já evidentes continuarão prevalecendo, porque propõem um desafio simples e interessante: estarem fiéis somente à sua essência. Parece simples, mas não é tão evidente assim – o que não deixa de acrescentar novas perguntas a um assunto delicado. Quanto ao Cristianismo, este também passa por acidentes de percurso e não deixa de viver também seus próprios conflitos. Mesmo as chamadas teologias liberais já não advogam com convicção o Cristianismo histórico-bíblico.

De sua parte, o que se propunha comunicar, estava vinculado ao conceito bíblico original, em que o bem e o mal são como azeite e água: incompatíveis e estanques, e cujas distinções convencionais se mantêm inalteradas.

•••

Não havia como negar a inviabilidade natural dessa linguagem considerada ultrapassada e equivocada, que continha todos os ingredientes para bater de frente com os novos conceitos sobre o tema agora em voga. Também da necessidade de adaptar esses novos valores à era em que tudo o que se diz a respeito à maneira de divulgar já mudou completamente. Através dela, a mensagem não prosperaria. Poderia ser considerada absurda e, portanto, caber no mesmo saco. Claro, existem sempre os lunáticos que abraçam qualquer coisa. Contudo, seu objetivo era dirigir-se ao público em geral. Não poderia sequer restringir-se somente à Grande Rede. Teria que transcendê-la, chegar à grande imprensa, à televisão, de modo a alcançar a todos em escala mundial. Riu-se do "mundial". Nem com assessoria especializada, recursos de milhões em qualquer moeda seriam suficientes... e o versículo 36 fala em tomar a bolsa, a mochila e em comprar uma espada. Eis os ingredientes para movimentar sua velha e querida "montanha russa". Como resistir?

•••

Nessas ocasiões, a imaginação mostra-se útil, pois ajusta a realidade ao gosto do freguês. E por essa razão, terá sempre seu lugar garantido.

Caso não tivesse imaginado a possibilidade de dispor de companheiros naquela empreitada, tudo poderia acabar ali. Desistiria convencido por circunstâncias tão desencorajadoras e por suas próprias limitações, tão evidentes.

Tinha um duplo objetivo e um deles não estava sujeito a tais limitações. Mesmo que sua mensagem fosse recebida como piada (ele mesmo era considerado uma piada), serviria ao propósito mais modesto e específico de localizar os demais envolvidos. Posteriormente e em conjunto, discutiriam e desenvolveriam uma estratégia mais viável. Foi o que o manteve ativo e o motivou a prosseguir.

Formataria um texto, até mais desembaraçado de cuidados e rodeios. Seria direto, incisivo e mais comprometido e fiel à revelação. Não descartou a possibilidade do envolvimento de Deus, o que significava que, se necessário, Ele poria as mãos na massa. Passou então a formular mentalmente as premissas daquela obra que pretendia servir para divulgar o colapso de dimensão mundial.

A obra seria direcionada a uma era cujos padrões tradicionais de religiosidade e de valores estavam velozmente se dissipando. Ciente de que tudo aquilo de que viria a falar não poderia ser provado como ele e todos gostariam, era apenas uma possibilidade diante de uma situação terminal.

•••

Mostrou-se criterioso. O específico dessa etapa era a escolha da tática para realizar essa tarefa. A tática seria de confrontação interessada com a sustentação do problema que se avizinhava, sabendo, de antemão, que a maioria seria incapaz de reconhecer essa realidade. Partiu da proposta de encontrar um canal de comunicação em que não se estabelecessem pontos de conflito.

Seu objetivo não era criar uma sensação de realidade terrível, e sim sensibilizar o maior número de interessados em busca de força unificadora que pudesse fazer frente àquela tragédia anunciada. Estabeleceu princípios básicos no sentido de não pôr a perder, prejudicar ou comprometer os resultados que dele era esperado. De suas conjecturas, prevaleceu a ideia de não utilizar uma linguagem pesada e até suspeita. Evitaria, por exemplo, a palavra "profecia". Abrandaria para "pressentimento", avançando no máximo para "premonição".

Não se tratava de cautela apenas. Caso inquirido, poderia sustentar sua posição de maneira honesta. Optou também por concentrar-se na colheita em si. Dispunha dos elementos principais: sabia quando ocorreria a colheita, como ela seria deflagrada, qual o critério a ser adotado e também poderia esclarecer sobre a escala da colheita. Convencido, dispôs-se ao trabalho na primeira oportunidade. Eis os detalhes:

A mensagem compunha-se de um preâmbulo expositivo no qual relatava: 1) sua experiência; 2) sua data aproximada e as circunstâncias; 3) sua intenção de confirmar se mais pessoas estiveram expostas às mesmas impressões, e 4) principalmente sua motivação óbvia em contatar tais pessoas.

Em seguida, explanava seu conteúdo, omitindo propositalmente a data aproximada do início de tais eventos, como também sua magnitude.

Finalizando, insistia na importância e necessidade de divulgar para o mundo aquela experiência premonitória, exortando as almas sensíveis para com ele se solidarizarem. Para aqueles que sinceramente se interessassem, disponibilizou o acesso a um anexo que continha informações adicionais e complementares. Essa foi a parte mais difícil, pois não tinha meios de ser menos pragmático, já que as regras estavam estabelecidas, não pretendendo mais que realçar ênfases e pressupostos. Eis o anexo:

> *"A partir da primeira quinzena do mês de setembro deste ano, uma onda crescente de mortes inexplicáveis, coletivas, com abrangência mundial, atingirá instituições prisionais, hospitais psiquiátricos, asilos, orfanatos, moradores de rua, albergados e segregados, entre milhares; ou seja: condenados, insanos, abandonados, rejeitados, excluídos e desassistidos em geral".*

Os que, passiva ou ativamente, inadvertida ou intencionalmente, por omissão ou indiferença, pública ou privadamente, direta ou indiretamente, praticam, permitem, apoiam, toleram, estimulam, aceitam ou cultuam o mal em suas expressões ostensivas ou sutis serão chamados à colheita, isto é, todos aqueles que vivem na cegueira e na obstinação do pecado.

Quanto às mortes, estas ocorrerão somente no período noturno, sem causas definidas, silenciosas, sem sinais de dor, sofrimento, espasmos ou expressão de consciência de qualquer natureza.

Em seu início, os eventos irromperão espaçados no tempo, com distribuição geográfica aleatória e não simultâneos. Evoluirão numa progressão que não tenho como mensurar; no entanto, serão crescentes, abrangentes, simultâneas e horrivelmente desconcertantes.

Reitero que o responsável pela subtração de todas essas almas e através desse processo direcionado, seletivo e discriminado será Satanás, o inimigo de Deus. Esta será sua colheita final, quando reclamar para si todos os que ele considera seus.

Em complemento a essa iniciativa e mais por dever do ofício, mas sem nenhuma expectativa, comunicou via e-mail a diversas redações de jornais e revistas, redes de televisão, jornalistas de renome e, obviamente, líderes religiosos em geral – em particular o Vaticano. Estes últimos são os únicos que poderiam avaliar a gravidade da situação e fazer a primeira tentativa de mediação, baseada em sua autoridade e experiência empírica.

Considerou esta etapa concluída com riqueza de detalhes e minúcias. A definição do rumo viria espontaneamente. Aguardaria, portanto, os desdobramentos.

•••

Depois de concluída a página, registrou em seu diário:

> *Todo o meu esforço poderá ser considerado como castigo caso o futuro se revele ultrajante. A parábola do semeador me é pertinente. O semeador também semeia palavras. E o dilema do semeador permanece. E é também o meu dilema agora: onde cairão as minhas palavras?*
>
> *Talvez nem me seja possível compartilhar como desejo, as informações que conheço, tampouco enfatizar os argumentos a*

que as circunstâncias me induziram. No entanto, permanecerei centrado no objetivo, e a dedicação será a marca positiva que fortalecerá e elevará o meu espírito.

O MURO DAS LAMENTAÇÕES

Quando nos expomos ao mundo, logo fica evidente que não o controlamos. A lição é aprendida de várias maneiras, todas doloridas, seguidas de um minucioso ajuste de contas, nunca ao nosso favor.

Experimentar o mundo exige audácia ou obediência a um princípio intrínseco da ação chamado necessidade. A necessidade, para alguns, é a verdadeira mãe do destino. Entretanto, entre a audácia e a necessidade real, abre-se uma larga faixa; e é nela que a maioria se instala, camuflada por um viver simplificado, dando vazão a devaneios e sonhos irrealizáveis, mas que – por serem de origem íntima – podem existir sem censura ou juízo público, demandando energias que, caso retidas, alimentariam em desordem suas frustrações latentes.

Claro, há em paralelo todo um conjunto sistematizado de amortecedores que constroem um jogo de espelhos, distraindo, evitando o autoquestionamento, ou seja, o trabalho e seus feriados, a família com suas preocupações inerentes, os pequenos prazeres do sexo, dos vícios, da comida, entre tantos mais. Sem contar com as farmácias, repletas de soluções protelatórias. Aqui, a lei máxima é aguentar um pouco mais; sobreviver, porque assim, de algum modo, tudo ficará bem. Por equívoco, consideram que o tempo trabalha a seu favor, sempre.

É evidente que essa realidade se refere aos medianamente ajustados, os que evitam administrar mais confusão daquela que já acontece normalmente e aos pródigos em complacência, quando o clima se vai tornando mais tenso à medida que afloram as contradições, ausências e paixões.

Quanto aos que habitam nos extremos – aqueles que julgam

dispor de potencial sedutor para garantir seus interesses, aqueles que flertam com a fantasia ilimitada e chegam a testar os limites da onipotência –, há entre eles bastante diversidade, embora o que acrescentam ou o que lhes falta no final – para alguns, só há bem no final – acaba por mostrar-se irrelevante.

Ocorre que, lá na frente, os resultados – sejam perdas ou ganhos – são inventariados e o veredito, independentemente do critério aplicado (desde que sincero), é implacável. Pelo menos é assim que lhes parece; pois, levados a acreditar que sua identidade como também seu valor dependem daquilo que se conquista, o fracasso exterior é também a medida do pessoal.

A mesma desilusão acontece também para aqueles que logram êxito, os que chegam às alturas; e quando lá passam a sentir vertigens, sentem-se desapontados por se deixarem enganar pela promessa de que essa trilha os conduziria a um tesouro invulgar. Inseguros para administrar o futuro, ambos se apressam em revisar o passado. Percebem-se de mãos vazias, as quais se privaram em demasia e amiúde por dinheiro, fama ou poder.

Esse desapontamento dilacerante emerge porque está atrelado à perda de uma parte de seu próprio eu, pelo alto custo pelo que, agora, consideram uma renúncia imperdoável do seu eu. Começam, então, a questionar o que conquistaram e o que isso tem a ver com o futuro. A atenção volta-se para o que ignoraram e sacrificaram com estupidez.

Num jogo de remissões e achados, mapeiam suas vidas pregressas, confrontando-se com quem eles foram e quem podem ser dali para frente. Assim, o desconforto não é diferente (pelo menos na intensidade) para quem venceu ou para aquele que fracassou. Tudo fica claro para ambos: de engano em engano, foram feitas suas trajetórias.

E agora estão diante de um mesmo rio, o assim chamado rio da vida, frente a frente, mas em margens opostas – ambos encharcados e enlameados. Um, exausto por ter vencido a travessia; o outro, esgotado por ter sucumbido à força da correnteza traiçoeira. Há lamentos por não ter alcançado a outra margem com que o outro se defronta, e isso não justifica o risco, tampouco o sacrifício.

Em cada margem existe um muro, um muro de lamentações, no qual cada um bate com a cabeça, em desconsolo, embora jamais se concorde ou mesmo se admita no íntimo de tratar-se de idêntica motivação.

Ambos, assim como também os medianos, serão chamados algum dia a responder com urgência psicológica a mesma indagação desmistificadora em seu propósito: isso é tudo? Nessa hora, o que vai disparar na memória será a ideia de aguentar (a lei máxima de aguentar um pouco mais). Mas esta será uma pergunta tardia e a resposta, errada. Terão agora de fazer mudanças urgentes que – embora nem todos saibam, mas descobrem fatalmente – serão difíceis e sempre perigosas. E podem falhar tremendamente.

Mesmo que não se possa concordar com tudo o que foi argumentado, permanece o fato de que expor-se é sempre um problema e seus resultados imprevisíveis e incontroláveis.

•••

Quanto a ele, expusera-se ao máximo, seja por atrevimento ou imprudência. Agora, colhia toda ansiedade inerente. Depois desses movimentos impetuosos, ainda que de maneira oblíqua, um novo sentimento se instalou, cobrindo-o de vergonha por desnudar aquele diário íntimo sobre sua aventura espiritual. Aventura aliada a uma sensação de parecer não estar preparado, de parecer ser um amador, um verdadeiro "pato", o que poderia sugerir uma personalidade otimista e ingênua, como a de um crente na possibilidade sempre presente da confraternização universal.

Sua conclusão consensual foi que determinados tipos de transparência não denotam inteligência. Para ele, era difícil livrar-se da ideia de um mundo carregado de más intenções.

•••

Por dias seguidos perseverou em sua busca meticulosa na Grande Rede. Nenhum fruto. Nenhuma experiência similar à sua foi encontrada. A água permanecia fria e o fogo agora não era por sua conta. O tiro lhe pareceu ter saído pela culatra. Foi um erro e agora teria que se ver com ele. Parecia que vivia num mundo etéreo. Deixou o trabalho. Dispôs-se a viver para aquilo – embora se sentisse inseguro da decisão tomada a qual estava respaldada no princípio defendido pelo próprio Jesus, isto é, quando chamado, largue tudo para trás. Claro, sua decisão incluía também o propósito de escapar do inevitável constrangimento no ambiente de trabalho.

O fato é que colocara em marcha assuntos que seriam difíceis de sustentar, tanto íntima quanto publicamente, e a sensação era de que havia cruzado alguma linha vermelha. Tinha receio pelo futuro, próprio de quem se questiona demais.

Quanto à sua página na Rede, que desde o início recebeu volume de visitas inesperado, seguia num crescente quase exponencial. No entanto, sua sensação era de total marasmo. Não tinha como fazer juízo daquele mundo díspar, complexo e multiforme. Parecia seguir na direção errada, alimentando uma espiral de desconfiança e interpretações indesejadas, cujo motor era a curiosidade; apenas mais uma novidade, "carne fresca," numa linguagem mais chula. E não havia como contornar essa tendência, talvez mesmo involuntária, que decorreria de sua própria dinâmica, ou de como as coisas fluem naquele meio tão singular.

Reconhecia os benefícios daquela tecnologia, que eram indiscutíveis; seus aplicativos mágicos; sua capacidade inesgotável de armazenamento de informações; seu potencial imensurável de intercâmbio; enfim, todos os seus recursos e peculiaridades. Mas, a seu ver, não pareciam facilitar ou conduzir a reflexão. O seu modo antiquado de ver aquela joia incontestável da criação tecnológica não o favorecia. Era um terreno minado, hostil, que parecia recompensar apenas os iniciados e dificultar o acesso e a relação condescendente para aqueles que não acompanharam sua evolução – seja por ausência de oportunidade ou falta de afinidade.

Sem dúvida, desvendava bastidores interessantes, mas muito menos do que espera o expectador mais exigente, que não se deixa ofuscar por tantas luzes piscantes e garantias de infinita polivalência.

Perguntava-se a que encruzilhada desafiadora estavam todos presos, sob risco de serem soterrados por incessantes lançamentos, sempre repletos de novidades, difíceis de acompanhar. Naquele mundo, não tinha trânsito facilitado e jamais seria um participante entusiasmado. Seria sempre um forasteiro desavisado sem qualquer familiaridade. Seus conceitos, "retrógrados", reportavam-se ao velho Marshall Mcluhan que, na década de 1960, sugeria com argumentação embasada que os meios de comunicação – os vídeos em geral – não eram meros veículos de conteúdo e também exerciam influências dissimuladas. Em longo prazo, acabariam por alterar nosso pensar e agir. Sim, a abordagem de Mcluhan referia-se à TV especialmente; mas ele havia acatado e se convencido totalmente, e estendeu tal conceito a tudo o que se seguiu e, em relação à informática, ele via fortes semelhanças.

Em consequência, quando os computadores o alcançaram, deixou-os passar. E, por muito tempo ainda, foi possível viver sem eles. Mais tarde, o contato foi inevitável. Nunca se rendeu a eles por completo. E suas opiniões sobre o assunto não haviam mudado. Não via motivos para reconsiderar e talvez fosse um pouco tarde para isso, visto que hoje algumas vozes já se levantam nesse sentido.

Eivada de velada arrogância e superioridade, esta sua visão simplista e maniqueísta foi afrontada. Veio dali sua primeira oportunidade real de ser inquirido em público. Uma revista de ufologia e fenômenos paranormais propôs-lhe uma entrevista. Não considerou o convite promissor. Parecia até um mau começo, mas aceitou. Melhor seria, num primeiro momento, varrer à larga.

A entrevista foi feita por telefone. Embora a jornalista tenha demonstrado algum entusiasmo e alongado o questionário, pareceu-lhe desinformada em relação aos aspectos centrais de sua mensagem postada. Mostrou nitidamente desconhecer o conteúdo da mensagem. Em função disso, coube a ele direcionar a entrevista que relatou apenas o que já estava publicado na rede. Resumiu-se a uma fração do total. Contou também com uma apresentação do entrevistado cheia de reservas e ressalvas. Não se tratou de matéria de capa nem um de seus destaques principais. Eis o que foi publicado:

O que você anuncia é o Apocalipse?
Absolutamente. No Apocalipse a iniciativa não procede do mal. Estamos falando de algo diferente: Satanás se propõe a renunciar de sua ação sobre a humanidade.

E o que isso representa de negativo?
Não temos como avaliar. Nunca vivemos essa realidade antes. Muito menos foi prevista. Ingenuamente, pode-se pressupor que algum tipo indefinível preencherá o vazio que ele vai deixar se sua hegemonia entrar em colapso. Mas isso seria uma simplificação excessiva, não passa de especulação. De qualquer forma, trata-se de um desequilíbrio, cujas consequências são no mínimo imprevisíveis, considerando que estaremos expostos, certamente de modo arbitrário, além de indefesos e, principalmente, desprevenidos. No seu início poderá dar uma falsa ideia do alcance e abrangência e até de sua finalidade, surpreendendo-nos depois muito negativamente.

Poderia ser mais claro?
O critério é amplo, e não conhecemos sua linha de corte. Você, eu ou qualquer outro poderemos ser atingidos. Não se pode garantir de que lado cada um estará. A ambiguidade parece inevitável, quando o impacto dessa grande ruptura iminente se abater sobre todos nós. Todo desafio ao pensamento convencional ou ameaça à normalidade tem sempre um efeito desestabilizador.

Não haverá evidências, sinais claros, que antecederão esse evento e que sirvam de advertência e confirmação?
Sim, e já estão se desenrolando, embora ainda de modo imperceptível. A ação do mal já está sendo diminuída progressivamente e seus efeitos, em breve, serão captados pelas estatísticas.

Poderia esclarecer melhor esse ponto? Parece interessante.
A ocorrência de acidentes graves com mortes violentas, como também os de grandes proporções (terrorismo em suas diversas expressões, genocídios, revoluções, consumo de drogas de toda espécie, entre outros) já recuam sistematicamente. No plano individual, o consumismo, as pequenas intrigas e os insultos, brigas, intolerância, violência doméstica e agressões em geral também sofrem declínio.

Esses não são sinais de que o senso comum imagina ocorrer num caso como esse. Espera-se algo mais contundente, não é?
Você tem razão. Principalmente caso esse evento seja confundido com o Apocalipse, quando um período severo de tribulações é o esperado. Entretanto, trata-se de um recuo do mal e isso muda tudo, pois ocorre uma diminuição das influências demoníacas – o que significa um fator a menos pressionando as pessoas. Talvez, essas evidências positivas passem despercebidas por outro motivo. Tais sinais, provavelmente, serão capitalizados no sentido de favorecer outros interesses, sejam políticos ou empresarias. Dificilmente serão ligados à sua causação original. Estatísticas sempre acabam servindo a aplicações interessantes.

De qualquer modo, o que o senhor coloca, pelo menos no curto prazo, mais parece uma bênção?!
Sim, tudo parecerá melhorar.

•••

Resumiu-se a isso somente. Mas a entrevista deve ter tido alguma repercussão, pelo menos entre os seus leitores mais alinhados, visto que dias depois a revista voltou a procurá-lo. Ele declinou por se tratar de uma publicação direcionada e específica. Preferiu não ser identificado com aquele universo.

Haveria de surgir oportunidades mais interessantes que colocassem o ponto sensível daquele tema em debate e com cobertura mais abrangente. É claro que não pode negar sua satisfação por ter vencido com louvor aquilo que considerou um batismo de fogo num universo desconhecido, isto é, sua inesperada desenvoltura ao tratar com a mídia. Nem atribuiu sorte de principiante. Sentiu-se à vontade naquele mundo que é a porta de entrada para celebridades.

E isso mexeu com ele. Foi acometido por um sentimento de orgulho – uma semente ainda, embora preocupante. Deu-se conta de sua insuspeitada capacidade para apreender questões novas, de possuir sensibilidade incomum e necessária para os requisitos daquela perigosa transição que incluíam aptidões e comportamentos de racionalidade absoluta, de quem, em aceitando determinados fins, trata de mobilizar os meios para atingi-los.

Desconhecia sua própria força e, surpreso e até deslumbrado, atribuiu esse dom a si próprio. Não ligou ao seu recente apelo pelos dons do Espírito. Ele, desde muito cedo, observou (e criticou) que esse limite foi tratado pela maioria dos cristãos como mero detalhe. Seria então também ele um cristão leviano de coração frio ou se tratava apenas de um menosprezo casual, embora profundamente injusto? Era cedo para afirmar, e os efeitos não devem se passar como causas. Seu diário talvez pudesse fornecer pistas. Ele anotou:

> *Na passagem de um caminho para outro, estou procurando o melhor caminho. Não posso perder de vista o significado educativo que o termo "clamar no deserto" traz embutido. Trata-se de uma lição de humildade, pois "clamar no deserto" também significa falar sem ser compreendido ou de*

não ser ouvido, lutando contra a repressão, a supressão e a negação coletivas, o que, para mim, talvez baste para espantar essa ilusão que se insinua. Pois até que ponto esses meus relatos deixam de significar uma conscientização e passam a ser apenas um discurso vazio?
Estou a caminho de uma escolha movida pela crise. Terei que impor meus próprios termos ou me deixar dominar pela vaidade de não ser reconhecido como um importante protagonista dessa tragédia global. Mas a essa altura, como também não perseguir a fama? Ainda que seja um sonho inoportuno (reconheço), quanto de fato é fruto de nossas próprias escolhas?

O HOMEM TAMBOR

Neste mundo de facilidades e atualidades, os peritos em encontrar pepitas de ouro em meio ao cascalho ou seus opostos, os ignorantes de opiniões entusiastas, deslumbrados, encharcados de informações desnecessárias, se percebem surpreendidos por essa estúpida e frenética realidade.

Mesmo para os que se encontram na vanguarda ou para os que, na retaguarda, acolhem ingenuamente a ideia de um progresso linear sem retrocesso, ambos não estão livres do risco de se sentirem desajustados. Chegam a um ponto em que não mais conseguem lidar com ela e se veem diante de um mundo fútil, consumista, personalista, marcado pela autopromoção e pelas imposturas.

A situação real se torna assim um extraordinário pano de fundo sobre o qual se descobrem ligados por um sentimento comum: não pertencer a lugar nenhum.

Quanto aos que já há muito se sentem de fora, separados, rebeldes, reféns de dogmas e hábitos arraigados, alinhados a doutrinas inflexíveis; os que prematuramente foram atingidos por uma faísca que ateou fogo à insatisfação, a qual até hoje ainda arde e estão desvinculados de qualquer padrão, os que foram a lugares onde todos têm medo de ir; e, também aqueles outros, homens sorridentes, os que se oferecem à contemplação passiva e de forma delicada, mansos, que se sacrificaram em nome de colocarem panos quentes em tudo, que se inspiraram nos elos que unem as pessoas, sem que elas mesmas saibam, que conheceram as fraquezas humanas e com elas foram tolerantes, os únicos, sem qualquer ilusões sobre suas motivações e as dos outros, acharam-se também expostos e indefesos a esta combinação neurótica que os impedem de manejar essa realidade. Migraram para as bordas do cenário, cedendo espaço. Abriram caminho para um entorpecimento mental de difícil reversão. Perdem, então, apesar de alijados e até renegados, uma real e preciosa oportunidade. Poderiam ser livres se talvez dessem um único passo a mais. Afinal, foram descartados, não são mais os remadores nas galés. Continuam nela, porém, agora, podem ocupar outra posição. Poderiam ser agora, os homens do tambor, cuja especialização requerida é apenas mecânica: basta bater com ritmo.

Nesta posição privilegiada, poderiam observar uma vasta vista – inclusive todos os demais, os que continuam remando acorrentados, com o suor escorrendo e o chicote impiedoso marcando suas peles crispadas. Tudo tão conhecido e também inesperado. Já foram como eles, mas nunca puderam se ver desta perspectiva.

Embora não refutem o real, o deslocam: almejam o chicote. Que desperdício! Fecham-se a este entendimento em pequenos e inúteis labirintos; perdem-se nos fortes sentimentos que os inundam (mágoas, medos, angústias, ressentimentos, ódios, ciúmes e inveja) de modo a tornar impossível aquele único passo libertador.

Os conflitos permanecem insolúveis: juras, vocações, promessas, vinganças, produtos dessa finitude que incluem a cultura e a religião, a língua e a tradição que não temos como abandonar. O impeditivo é que o desenraizamento necessário colocaria em risco suas identidades. Jacques Derrida chamou isso de "microclimas", isto é, a tendência humana de conservar seus laços e também seus embaraços.

•••

E foi talvez para comprovar esse conceito de Derrida que um jornal espanhol, de ligações estreitas com um movimento da tradição católica radical, o contatou para uma entrevista por e-mail.

Na Espanha, a Santa Inquisição fez escola e foi onde produziu seus filhos mais zelosos. Hoje, embora tudo tenha se amornado, mantém ainda, através desses movimentos seculares, uma vigilância litigiosa sobre qualquer manifestação do mal, sem tréguas, onde quer que se apresentem.

Para esses movimentos, Satanás é o adversário pertinaz que eu preciso vigiar e combater sob pena de ser vencido por ele. Devido a essa missão primeira e também pela observância rígida da tradição católica, gozam de alto apreço no Vaticano, onde são mantidos representantes atuantes e influentes. Entretanto, a entrevista só foi levada adiante depois de uma sondagem prévia e minuciosa do entrevistado, quanto ao seu grau de comprometimento e fidelidade à doutrina católica, além de uma exploração explícita sobre sua integridade moral e de sua sanidade mental.

Da parte dele, nenhuma indignação. Comportou-se demonstrando solicitude, oferecendo informações adicionais ou complementares espontaneamente, no intuito de desarmar a intranquilidade e a desconfiança que dela decorre. Na verdade, era uma oportunidade ímpar de discorrer sobre aquele assunto com um interlocutor mais que credenciado e, numa visão otimista, um possível e precioso futuro aliado.

Aparentemente, no que diz respeito à sabatina introdutória, foi aprovado com louvor. Dispunha dos elementos básicos inconfundíveis e comprobatórios de seu berço católico e afinidade sincera com a tradição cristã, além de conhecimentos mais que medianos da doutrina em seus aspectos mais sagrados.

Na primeira pergunta da entrevista, houve ainda uma última tentativa de revelar alguma incompatibilidade de perspectivas ou interesses conflitantes. Eis a entrevista na íntegra:

No seu entendimento, de que modo alguém se torna um cristão?
Por situação de família ou aquiescência da graça, isto é, por nascimento ou conversão.

Sobre o que divulga, não lhe ocorreu tratar-se de mais um engodo de Satanás?

A interpretação se completa por quem dela toma conhecimento. Eu só a apresento. Mas não se pode negar que o mal se autoexamina. É claro que ele tem contas a ajustar com o próprio passado, e vai fazê-lo. Trata-se de um ser que assimila o outro há milênios e que tem potencialidade de transformar-se nesse processo, embora isso não seja evidente ou aceito de forma consensual. Prova disso é o mal humano, que também assimila o outro, aniquilando-o, e também se transforma. O resultado, nesse caso, é evidente e consensual: potencializa o mal do mundo. A diferença é quantitativa em função do tempo empenhado na ação, incomparavelmente limitado. Imagine agora um ser humano milenar. Seria terrível. Estou falando de uma disponibilidade quase eterna em relação ao outro.

Não vejo como Deus permitiria. O que lhe parece?

Creio que isso ficará até certo ponto por nossa própria conta, seja individual ou coletivamente. Depois, não sei ao certo. Mas tudo indica para situações que ficarão envolvidas pelo impasse, cujo grau de dificuldade não será previsão segura de derrota. Será quando se buscará encontrar a linha estreita e talvez inexistente diante da qual a alma poderá se mostrar obediente, lançando-se a todo o custo na observância das regras do método salvífico. A questão envolverá escolhas simples, comuns, que normalmente os momentos de crise apresentam: fé ou razão; prece ou reflexão? Tudo talvez se resuma em quantos joelhos se dobrarão e a quantos Santos as religiões se mostrarão dispostas a sacrificar.

Mesmo os inocentes? O senhor menciona orfanatos...

Enjeitados, rejeitados, repudiados, enfim, os severamente desassistidos são uma oferta pública ao mal. Estamos sendo confrontados por gerações que não têm a chance de florescer nem mesmo como simples seres humanos. O que a caridade materialista atende (quando atende) se limita a aspectos da sobrevivência física apenas. Não alcança a alma que permanece exposta. Trata-se de uma ilusão a qual mesmo os cristãos se apressam a endossar, mas que produz resultados aquém do desejado, embora renda discursos cínicos e emocionados, à sombra da bandeira de fictícia solidariedade. A proteção da alma depende do amor humano o qual, potencializado divinamente, alimenta, ampara, reveste, assiste e salva. Mas onde estará tal amor? Neste mundo, Satanás espreita sombrio, silencioso, intimista e oportunista. Na realidade, todo cristão esclarecido sabe bem que tais práticas não são suficientes, não protegem ou resgatam essas vítimas potenciais da militância aguerrida das forças demoníacas.

Mas o que mudou realmente?

O fato é que os homens se tornaram eficazes em causar o mal absoluto. Ou estão perto disso. Frente a essa inimaginável especialização, demônios inferiores se veem ociosos e ridicularizados, sujeitando-se a tomar por mestres, aqueles que potencialmente seriam suas vítimas. Reconhecem que estão travando uma prolongada disputa contra adversários jamais previstos – sem a menor chance de fazer prevalecer a perfeita hierarquia ou mesmo honrar seu legado. Este último fato aponta os múltiplos aspectos do atual dilema de Satanás. O núcleo satânico à moda antiga parece estar no limite da dissolução, e a ideia segundo a qual Satanás é a porta de entrada principal do vírus do mal também parece hoje superada.

O senhor parece estar escondendo parte do que sabe...

É verdade, mas o que falta é apenas uma fração da história que, embora central, é praticamente intransferível. O que posso acrescentar é que, naquela experiência, eu tive oportunidade de ver o mal humano pela perspectiva de Satanás, o que me propiciou privilegiada condição para observação do cotidiano da vida íntima do homem: um jogo terrível, fruto do princípio corrompido, que se agregou e deflagrou o processo de afastamento irreversível do seu Criador; cujo

sentido e potência coexistem e se ocultam em outra esfera do ser, asfixiando sua alma. Um apêndice ulcerado, com feridas incuráveis, que persistirão abertas, capaz de perpetrar males indescritíveis que não são possíveis traduzir em palavras.
Só que é cedo para dizer mais do que isso. Estou convencido de que medidas emergenciais não poderão ser prolongadas. E Satanás sabe disso. Creio que toda experiência sobrenatural contém elementos intransferíveis, e é por esse motivo que aqueles que por elas passam sempre deixam em aberto questões fundamentais.

O limite é o fim do mundo?
Na verdade eu não estou falando do fim, propriamente. A não ser que se entenda isso com muita liberalidade. Mas essa é uma linguagem errada e uma falta de entendimento, além de uma interpretação rasa. Um diagnóstico sombrio e inútil. Um primeiro passo realista seria admitir que a situação é complexa, na qual não cabem soluções singelas ou intermediárias.

•••

Não teve notícias seguras do que foi feito daquele material. Contudo, especulou à vontade: talvez tivesse desembocado no próprio Vaticano. Os Papas costumam dispor da humildade e conhecimentos necessários para admitirem que coisas dessa natureza transpiram através de personagens insignificantes, os quais são tomados por empréstimo – como já comprovado em tantos exemplos registrados e comprovados na história da igreja.

Anotou em seu diário:

Seria inocência de minha parte esperar adesões antecipadas. Como evitar a tendência natural humana de negar evidências as quais contrariam seus pontos de vista? Mas isso não me impede de insistir num diálogo que implique combater argumentos e suposições que se desviem dessa imensa e complexa metáfora.

Devo aceitar a descrença, até a indiferença. Simbolizam o que não pode ser vivido ainda. Talvez funcionem como detonadores retardados de memórias coletivas ou individuais; ou até mesmo ressuscite o temor apocalíptico capaz de despertar a inquietude, a angústia e o medo dissimulado do homem contemporâneo.

Cada alma deverá empreender sua luta. Tudo será decidido em breve.

Essa fase não será um desperdício, pois me preparará para o que há de vir. O que falta ainda vir. Agora, momentos de simplicidades, de falar sobre as mesmas coisas, sempre em conexão, e incluindo alguns elementos adicionais que possam enriquecer essa parábola original e ousada.

Nesse papel de arauto de Satanás, dou adeus a uma vida sem sentido e até meio tola, ampliando a percepção e aceitando sua crescente complexidade. Mesmo sob condição de prestar o flanco a ataques.

O PLURAL DE BILHÃO

O QUE FAZ COM QUE UNS EXPERIMENTEM *tragédias e outros a glória?* Flagrou-se pensando nisso enquanto refletia sobre a impossibilidade de existir uma visão única da realidade. Seria ridículo imaginar que todos no mundo vivessem sob as mesmas circunstâncias, considerando que elas são sempre eventuais e provisórias. É isso que impede às pessoas de seguirem destinos que não sejam os seus.

Seria impossível sustentar aquela esperança com qualquer hipótese totalizante num mundo que é ininteligível e desconcertante. Tudo continuaria sendo experimentação, sujeito a falhas e deficiências constantes.

Nossas vidas sempre estariam repletas de paradoxos e ambiguidades, combinados com a pressão implacável de nossas contradições e ambivalências, responsáveis pelos desafios que algumas situações propõem, difíceis de serem absorvidas. Este seria o misterioso princípio com o qual sempre convivemos desde o começo da criação, e que o ego, através da mente, formula planos para livrar-se dessa realidade que o contraria e o exclui.

Uma aposta ousada seria considerar que o que é preciso saber esteja oculto em outro lugar, longe das certezas que todos nós nos esforçamos por cultivar. Poderíamos até esquecer Sócrates e Platão e nos refugiar na utopia míope de uma mente ilimitadamente esclarecida e em seu infalível ciclo de considerações racionais. Talvez, por isso, fiquemos esperando por alguma coisa que jamais nos será entregue. E é nesse ponto que entram sonhos e também pesadelos.

•••

Essas divagações eram fruto de sua sensibilidade incomum para farejar as verdadeiras encruzilhadas. É preciso atenção e talento para investigar o oculto, o subentendido, para melhor divisar e interpretar o essencial.

Nessa altura da caminhada, queria ver além do que já podia avistar e ver, de modo diferente, o que já conseguia enxergar. Vivia atualmente numa condição irrealista, estúpida e contraproducente. Havia já um certo desgaste provocado pela constante repetição do esforço sem percepção de seus resultados. Fracassaria. Essa era pelo menos sua sensação de momento. Queria avançar mais, e mais rápido. Tinha pressa, urgência, e tempo não era o problema. Tinha agora dias e noites para o que bem entendesse.

Na realidade, estava solitário e vítima de incompreensão. Queria reconhecimento e apoio – e queria agora. Se o esforço se torna exagerado e contraproducente, não seria hora de considerar a desistência?

Ainda estava distante o momento em que aquela carga poderia ser aliviada ou compartilhada. Prevaleceria ainda, por longos tempos, naquele árduo processo de palmilhar um caminho que objetivamente nem sequer existia.

Por outro lado, crescia nele a suspeita (fruto de uma mistura de arrogância e cálculo) desenvolvida à medida que se familiarizava com aquele personagem singular e fascinante – permitindo-lhe explorar e enfrentar seus próprios demônios, a lidar com seu inconsciente obscuro e entender como é ser estranho e desajustado.

Ele tinha agora enorme capacidade para conhecer questões novas, aprendidas depois de levado a cobrir essa história a qual se revelou um abismo cada vez maior.

Estava claro que no fim todos os obstáculos e limitações acabaram por beneficiá-lo – o que acabou a lhe permitir e facilitar voos solitários, arrojados e surpreendentes, nunca imaginados.

Essas eram as tendências dominantes.

Sentia-se recompensado, pois não podia negar tratar-se de elementos de reafirmação de sua identidade. Observava em si mesmo um deslocamento da sensibilidade e sua recente forma de lidar com essa poderosa corrente subterrânea. Ainda que não resolvessem questões fundamentais, carregavam em seu bojo o despertar de um conjunto de recursos e poderes que o capacitariam a desfilar no palco mundial como um campeão de uma nova ordem, escolhido a dedo, em meio a uma disputa cósmica, com liberdade para alterar a história.

Em alguns momentos, via-se como alguém que conhecia os números do primeiro prêmio. No entanto, dava-se ao luxo de não jogar. Abria mão da sorte grande. Desdenhava. Seu fascínio estava agora em observar, numa escala muito superior em relação ao seu passado, as apostas dos outros – sempre nas combinações erradas. É como um camicase condicionado que, em seu voo para a morte, mantém intocável a convicção jamais questionada de que o excesso de alternativas embota o espírito e são, portanto, perniciosas.

Satanás o havia fascinado a tal ponto que por pouco não se decidiu aprofundar na proposta audaciosa de desejar se apropriar do valor do inimigo em lugar de pretender eliminá-lo – questão clássica sobre a alteridade e seus limites. Um dilema que talvez apenas sua alma compreendesse a verdadeira natureza do que ocorria.

Estava mergulhado em dúvidas sobre sua motivação atual e sua competência. Acreditava que seria possível virar os destinos ou se preparava apenas para sair de uma situação complicada. Por que ele não se desfaz das coisas sem ficar com medo?

O que mais desejava era a mesma iluminação que foi concedida a Paulo na estrada para Damasco.

•••

Predominou custosamente a constatação de que os assuntos em andamento eram mais importantes, e que exigiam sequência sem interrupção.

Foi convidado para sua primeira entrevista na televisão. Uma inesperada oportunidade.

Mais uma vez, confiou no impulso inexplicável para seguir sozinho numa resposta sempre positiva à proposição de manter o curso inicial – mesmo sabendo que sua mensagem pudesse ser rejeitada, distorcida e desconsiderada.

Já fugia dos atalhos e das facilidades. Via nisso como sua vocação, como algo sagrado. Surge, então, uma boa plataforma para contextualizar o que viria a seguir. Se não tivesse se complicado com as palavras, mereceria ser considerada uma boa estreia. Pode-se também objetar que mesmo banalidades podem revelar muito.

O programa era vespertino, com auditório quase todo feminino, possivelmente ao vivo. O apresentador, simpático e sorridente, dono de vocabulário descomplicado, popular e carregado de mensagens positivas, embora um tanto aguado e cheio de clichês, recebeu-o afetuosamente. Fazia o perfil humorista. A primeira pergunta pretendeu ser engraçada:

Vou lhe pedir uma deixa e quero que seja sincero: eu estou fora dessa lista que o demônio pretende convocar?

(Antes da resposta, a plateia riu).

Desconheço qualquer lista. Creio que, num evento dessa envergadura, o individual seja irrelevante. O que existe é um critério que não prevê exceções, muito menos privilégios.

O sr. fala de pessoas que desaparecerão num passe de mágica, milhares de pessoas... é o assunto do momento.
Não será num passe de mágica e, na realidade, pode alcançar bilhões de pessoas.

Bilhões? O que "é" bilhões?
É o plural de bilhão; começa no segundo bilhão.

O apresentador vira-se para a câmera, pede para que se aproxime mais e, com jeito maroto, galhofeiro, solta a frase de efeito:

Acho que ele me respondeu a primeira pergunta.

Todos riram e continuaram a rir. Depois, percebendo a impossibilidade de seguir com a entrevista – dono de uma experiência invejável em improvisar, em fingir emoções a ponto de pensar uma coisa e dizer outra – passou a fazer comentários neutros, tirando a questão do foco. Desconversou, agradeceu e o dispensou gentilmente em meio a aplausos da plateia obediente. Tudo acabou assim, num passe de mágica. E o mundo mais uma vez fez que não o ouviu.

•••

Depois, refeito daquela experiência tão patética, diante da qual não seria sábio lamentar, acabou por inocentar o apresentador. Fora um equívoco apenas. Aquele tipo de programa não comportava tal assunto. Uma ideia estúpida sem dúvida, talvez da produção.

Quanto a ele, teria de aceitar tais revezes. Em breve seus argumentos poderiam ser retomados em outra oportunidade. Dispôs-se a fazer os devidos ajustes, calibrar a pontaria, evitar novos equívocos, embora soubesse que isso não seria suficiente para contornar situações concretas e anômalas como essas num cenário de posturas imprevisíveis. Outra opção seria explorar aquele meio de expressão da maneira mais radical possível. O mais importante seria evitar que tudo enveredasse em discussões estéreis.

•••

Naquela noite, registrou no diário:

O debate não levantou nenhuma questão relevante. Só contribuiu para minimizar a importância do tema, o qual para mim é tão caro. Também ali, não poderia ser compreendido. Mas é o tom normal. Sei que é um pouco assim em toda parte. São os mesmíssimos processos alienadores repetidos numa escala mais ampla. A televisão, como qualquer vitrine, coloca tudo sob luz implacável, que amplifica os erros eventuais. Guardo do apresentador uma impressão de superficialidade, que esconde sua vulnerabilidade e insegurança sob a máscara risonha e galhofeira, com o objetivo de evitar um comportamento crítico, como o autoquestionamento e a investigação intelectual. Não o culpo. Compõe um tipo fácil de esquecer. É claro que estar diante da TV é assustador. Sei que na próxima vez já será mais fácil, embora não pretendesse que as coisas acabassem da maneira como acabaram. E não tenho como negar, "Bilhão" realmente não caiu bem. Foi um erro imperdoável assim como a lição de gramática. Tudo dispensável. O mundo real sempre me surpreende e engana.

UM GRÃOZINHO DE CRIATIVIDADE

AGORA NÃO LHE SOBRAVA TEMPO para reflexão, para dar a dimensão da velocidade com que as circunstâncias se impuseram. Basta dizer que naquela mesma semana esteve de volta à televisão por mais duas vezes. Numa delas, a entrevista foi direcionada no sentido de desconstruir sua história, centrando fogo na credibilidade. O diálogo patético veio entremeado de perguntas de inesperada contundência. Foi um ataque à sua pessoa sem lhe permitir considerar o conteúdo. Teve um comportamento irrepreensível, e resistiu com paciência e altivez.

O ritmo vertiginoso, quase sem intervalo, demandava atenção extra. Sua insistência no tema permitiu que a mídia definisse uma imagem caricata dele. Justo para quem a privacidade era um dos bens mais preciosos. Sem compreender, perguntava-se por que o homem faz agora tudo para desvalorizar qualquer vestígio de realidade sobrenatural ou mesmo subjetiva. Eis como se desenrolou:

Esse tema (o mal) não é nada novo, provavelmente um dos assuntos mais vasculhados, mas ainda representa um desafio, não é?
Creio que esse assunto está muito ligado ao descontrole, ou melhor, ao ideal de autocontrole que, quando confrontado, provoca reações de inquietação e medo. Ou seu oposto: reações de total descrédito, mas nunca de indiferença. O tema do mal é uma questão atávica, carrega referências ancestrais, em que você testa os seus limites. Trabalha com os extremos, produzem reações padronizadas e não comportam meio termo. Claro, atualmente está bastante atenuado. Foi em parte

substituído por questões mais imediatas como a violência urbana e a paranoia em relação ao terrorismo internacional, os quais também provocam reações ambivalentes – alguns transmitem sensação de tranquilidade, enquanto outros não querem mais sair de casa. A ideia de uma morte inesperada não pode ser tranquilizadora para ninguém.

Nesse caso, o sr. faz uso e até se apropria de dogmas religiosos. Isso torna as coisas mais delicadas embora o inferno não seja, atualmente, uma preocupação central da civilização ocidental.
E é o que justifica a intrigante conduta de Satanás. Ele já não tem mais seu lugar garantido e não disfarça sua insatisfação com o latifúndio herdado. Para compreender o rebaixamento da condição humana, há de se considerar a situação vivida pela civilização ocidental na qual a laicidade reina absoluta e onde é vista com frequência a destruição de tradições cristãs, quase sempre com sinais crescentes de alívio. Essa conclusão se impõe quando vemos o absurdo predomínio da falta de fé. Aí está a raiz do que determinou esse movimento de Satanás. Ao afastar-se de seu criador, renega-se também seu máximo opositor. Esse movimento surpreendente de Satanás representa uma declaração de guerra à humanidade, o qual precisará ser ainda decifrado.

Eu não tenho interesse nessa vertente. O fato é que o sr. é visto como alguém que quer se autopromover à custa de um assunto religioso.
Nesse caso, nada mais seria que uma fraude, o que me sugeriria uma personalidade sensacionalista. Apesar de não me agradar, sua colocação é pertinente, mas não vai além disso. Isso seria fácil de lidar. Por outro lado, essa maneira estanque de ver as coisas faz com que aspectos importantes sejam deixados de lado ou tocados apenas de raspão, sem qualquer aprofundamento, como estamos fazendo agora e desde o começo da entrevista. Não que a questão da credibilidade seja trivial, mas não é apenas a credibilidade que está em jogo. Ao se concentrar nela, a gravidade da situação deixa de ser exposta num momento que envolve riscos sérios demais. Talvez eu fique lhes

devendo o fator credibilidade. Não há como sujeitar esse caso à racionalidade absoluta ou à possibilidade de discutir esse assunto pela via intelectual, não subjetiva e não sobrenatural. Qualquer sistema lógico é dispensável para explicar esse evento.

Até onde se sabe, nenhuma autoridade religiosa compactua com essa ideia. Aliás, as manifestações são no sentido contrário. Estou enganado?
As religiões, em especial a católica, mantêm uma posição distanciada e bastante reservada. Nem poderia ser de outra forma. Nenhuma igreja secular poderia encampar de véspera uma colocação como esta, principalmente quando a fonte é apenas um leigo, sem renunciar aos seus fundamentos. A não ser que esteja ignorando também evidências coletadas em outras fontes – o que não acredito. Lembrando, porém, que dar pouca credibilidade agora pode se traduzir em redução de influência mais tarde. Voltando à sua pergunta, até esse momento, a igreja não endossa o que anuncio e provavelmente deixará que os acontecimentos falem por si.

O sr. não teme ser ridicularizado depois?
Eu já estou sendo ridicularizado agora. O tratamento ficcional do que abordo é recorrente, e o que mais me surpreende é como essa história adquiriu humor a partir da Grande Rede. Curiosamente várias pessoas dedicam tempos com algo que não acreditam.

É. O sr. deveria ter aproveitado melhor o seu talento ficcionista. Poderia ter escrito um livro, por exemplo. A trama é quase original; contém um grãozinho de criatividade.

E encerrou a entrevista com este comentário irônico, sem lhe devolver a palavra.

•••

Resumiu seu desconcerto em seu diário:

> *As maneiras finas, educadas, rapidamente se transformaram. Resultaram sarcásticas, precisas e cortantes como navalha. O episódio será esquecido, mas jamais será uma coisa da qual poderei me orgulhar. Eu deveria ser poupado dessas coisas menores que com o tempo essas imagens corroerão minha legitimidade. Se for uma tentativa de fortalecer-me para esse duro embate, talvez me enfraqueça. Outros (maiores do que eu) sucumbiram diante de pressões sem respostas. Vejo nisso um certo exagero. Agora se sentirão muito mais encorajados. Podem agora falar qualquer coisa sobre mim, acrescentar, inventar sem receio de serem contestados. Mesmo assim, devo esgotar o cumprimento de minhas responsabilidades ainda que isso tenha que ser feito em ambiente hostil e abandonado à própria sorte. Eu também vou querer ter uma voz e ter o direito de aparecer como eu mesmo. Por que acontecem coisas impossíveis de compreender? E o que se compreende não é menos desconcertante.*

•••

Quanto à outra entrevista, o clima foi diferente. Entrevistadora amistosa e interessada em conhecer suas impressões, o seu lado daquela história. Demonstrou sensibilidade para descrever a condição humana e as contradições de Satanás, mas o fez a partir de uma perspectiva particular como se colocasse uma lupa para revelar aos interessados os detalhes. Excelente ponto de partida para reflexão sobre a adequação de Satanás às circunstâncias e aos efeitos sobre a sua identidade, bem como sua quase humanização quando acuado, delineando um ser híbrido.

Preocupou-se em enquadrar as motivações subjacentes da tragédia, mas evitou descrevê-las em tons melodramáticos ou sensacionais, criando sobre aqueles fatos de alta complexidade, alternativas, de modo a simplificar seus elementos. Do como foram criadas, as situações incontornáveis ensejaram um clima cada vez mais violento que detonaram o início dessa fase estonteante, que se aproximava.

Na versão totalitária desse modelo, o inimigo não deveria ser derrotado, mas contido ainda nos primeiros estágios dessa autoimolação, em sua expressão terrível do Leviatã que devora as almas dos filhos de Deus. Entretanto, ficou claro que ele mudou a ênfase do que dizia e foi além do necessário. Talvez porque as informações das quais dispunha estivessem num fluxo de renovação constante, por meio de inferências, demonstrando sua habilidade para materializar o drama que lhe interessava propor a cada momento. Parecia operar, impondo a si mesmo, o desafio de não apenas convencer, mas também de provocar o expectador.

Hoje, mais que a sua história em si, o que chama a atenção, e que também incomoda, é a sua postura ao divulgá-la. Muitos veem um viés de insanidade que pende para o fanatismo, com excesso de elementos bizarros.

Pelo que passei, essas coisas me tiraram do automático. Me transformaram, abrupta e inadvertidamente, no arauto do advento de uma nova realidade. Também é uma experiência recente e, por isso, talvez tenha cara de resolução apressada. Minha dificuldade está em conciliar a minha interatividade com essa trama complexa e a necessidade urgente de expor e apresentar ao mundo de maneira penetrante a real situação. E isso se realiza num ambiente oscilante entre o realismo e o fantasioso, quando o real parece ser subvertido pelo fantástico.

O que procuro é repassar uma parcela do ponto de vista do adversário. Ele gera esse caos para ter o que deseja, ou seja, o imponderável, contra ou a seu favor. Ele brinca com o sagrado.

Qual é o ponto de vista de Satanás?

Você tocou num ponto chave. Confesso que essa arquitetura abstrata não foi de fácil assimilação para mim. Só recentemente compreendi o que ele quer. Para ele, o cotidiano se tornou algo indescritível – tanto em sua concepção como em seu desenvolvimento. Tudo adquiriu uma dinâmica própria, independente, que mantém perigosamente na berlinda a motivação natural desse sinistro protagonista, impossibilitando-o de continuar sustentando sua posição, bem como seus planos originais. O que quero dizer é que seu elo com Deus é o homem, e o homem vem se afastando de Deus, seja pelo reduzido amor à igreja ou ao relativismo moral. Então, o homem já não cumpre esse papel.

O fato é que Satanás perderá o sentido de existência se perder esse vínculo indireto, mas fundamental, pois Deus é sua razão de ser no mundo, e o ser humano é a sua ponte – o veículo que se presta à finalidade de se fazer reconhecido por Deus.

Satanás fará sua colheita final com o propósito de restaurar essa ligação que, do seu ponto de vista, estaria prestes a se romper em definitivo. Trata-se então de uma operação de autossocorro. Ele já passou por situação semelhante e não quer correr o mesmo risco agora. Contudo, isso não deverá ser entendido literalmente. Acabo de lhe dar algumas ideias gerais, observações, para que se possa pensar e estimular outros pensamentos.

O mesmo risco? Houve algum precedente?

Sim, e as escrituras confirmam isso, indiretamente. O dilúvio nos é apresentado como um recurso extremo para conter o mal no mundo, o qual atingirá um ponto crítico, insustentável, quando os homens se afastaram de Deus, não lhe restando alternativas senão um novo começo. Na verdade, pretendeu mesmo eliminar toda a criação. Portanto, Satanás não é um marinheiro de primeira viagem. Já viu de perto sua aniquilação iminente, de modo indireto e impessoal, e sob seu ponto de vista, humilhante, embora igualmente fatal. Com a vinda de Cristo, tudo mudou substancialmente: o próprio filho de Deus se encarregaria dele no final dos tempos. E ele não vai permitir que o ser humano, essa criatura inferior, frustre não só tal honro-

sa deferência como o expurguem para o esquecimento eterno. Se inevitável, cabe a ele tomar a iniciativa, mesmo à custa de sacrificar esse final grandiloquente no intuito urgente de preservar esses elos, preservando-se na memória do seu Criador.
Pode ser difícil de compreender, mas Satanás age sobre os homens como meio indireto de alcançar Deus, ou melhor, de se relacionar com Deus, pois ele sabe o quanto o homem Lhe é precioso, e os mantém sob a mira de seu olhar de misericórdia. É dessa forma que ele é percebido. Sua sina é pretender ser como Deus, ser visto e reconhecido como igual pelo próprio Deus.

Mas o sr. condiciona a colheita à renúncia de sua ação neste mundo...
Uma resposta simplista seria mencionar o ditado: "vão-se os anéis, ficam-se os dedos". Veja que o mito permanecera; fixara-se para sempre na memória dos homens e, por seu intermédio, na memória do próprio Deus. Isso lhe basta. A batalha final prevista no livro do Apocalipse não lhe reservaria melhor sorte. Seria aniquilado, até destituído de memória própria, expressa seu desespero com perplexidade ofendida e concebe um plano para servir a um acerto de contas com seu próprio processo, seu percurso e suas escolhas.

Isso é uma incoerência, pois o Apocalipse também serviria ao propósito de fixá-lo na memória dos homens. Pelo que é descrito, o espetáculo seria sem precedentes. Esse acontecimento não mais se dará?
Se o Apocalipse ocorrerá ou não, não posso lhe responder e seria impróprio especular. Porém, ao que Satanás se refere, o que ele teme antecede ao Apocalipse. É o seu futuro imediato que se encontra ameaçado, e é ao que ele reage agora. Ele não conhece o futuro, mas o infere com o que constata no presente, e o presente sinaliza um real e vertiginoso afastamento do homem com seu criador. O que ele espera é que, através do espetáculo proporcionado por sua ini-

ciativa, os seres que insistem na negação de seu Criador despertem ao se depararem com tanta tragédia e abandonem esse estado de espírito recalcitrante. Mas tudo isso são já conjecturas. Por se tratar de Satanás, é sempre difícil distinguir a convicção do oportunismo. Não podemos desconsiderar sua habilidade natural para sobreviver.

E se o mais provável ocorrer, ou seja, nada ocorrer?
Desde que comecei a vislumbrar as diferentes direções que essa história poderia tomar, todas convergem para o que se prepara como desastre inevitável. Negligenciar a atenção seria desvalorizar essa possibilidade. Isso vale para todas as religiões e interessa à humanidade. Preserve a mente vigilante, pois as interpretações desse novo período estão apenas em seu início. A questão está posta diante de todos e terá repercussões na vida de cada um. Minhas ideias podem ser negadas, distorcidas agora. As palavras também. Mas a realidade nunca deixará de se impor. Por outro lado, sempre se tem a opção de se render à ignomínia do mundo e a ela se agregar.

E por que ninguém acredita?
E por que você não acredita?

•••

Após esta entrevista, anotou em seu diário:

> *Precisei acrescentar minhas próprias teorias que, com o tempo, adquiriram vida própria até o ponto que se tornou inevitável explorá-las – mas que serviram para elaborar hipóteses nas quais antes prevalecia a perplexidade. Creio não se tratar de uma atitude desonesta, pois comecei a vislumbrar as diferentes direções que a história poderia tomar – além das motivações sempre tão imprecisas que exigiam interpretações. Tudo que fiz está baseado no enredo original que considero*

uma verdadeira obra de arte. O fator determinante foram as reações, sempre desfavoráveis, as quais me obrigaram a me preparar todos os dias para o inesperado. No aspecto subjetivo, tampouco existem personagens definidos; apenas inúmeros e breves vultos, que nunca atenderam meus chamados, que sempre apressados nunca esperaram por mim.
Convivo com o caos que às vezes me ameaça deixar louco, repleto de figuras indistintas que se movimentam sorrateiramente.
Não sei como não entrei em pânico quando havia evidências óbvias de que meu papel exigiria um belo número de malabarismo, ou servir como cobaia de um experimento religioso-existencial. Fez-me sentir tão pequeno quanto grande ao mesmo tempo. Mas a analogia não é perfeita. A verdade é que não é fácil ocupar um papel cheio de improviso, sob risco constante de ser lançado no banco da infâmia.
Sei que desta vez não me será possível abdicar do cumprimento do dever e sair impune disso. Uma visão me persegue agora: ruas desertas, pessoas se esgueirando pelas sombras como espectros.
Gradativamente a sombra de Satanás se agiganta, toma todos os espaços. O mal parece ter vencido.
O que nunca poderia ter sido permitido a Satanás é que ele mudasse ao longo do tempo e agora se tenha tornado quase irreconhecível, um verdadeiro desconhecido. Ou fomos nós que mudamos tanto assim?

Depois acrescentou:

Talvez já seja hora de começar a refrear meu zelo missionário sob pena de ser considerado um agente duplo, que acredita que terá vez nessa nova ordem, com poderes para penalizar como traidor quem dela duvidar, pois bem sei que muitos trocarão as suspeitas iniciais por conclusões vingativas na

ânsia por encontrarem algum sentido, quando tudo parecer miseravelmente inconsistente e irreal.
Pensamos ou agimos como se a verdade estivesse sempre disponível. Esse é o maior engano. Não custa lembrar que o único deus bom da riqueza, Pluto, foi punido por Zeus por teimar em entregar seus bens somente a pessoas honestas.

TRISTEZA E AUTOPIEDADE

Parafraseando T. S. Eliot, agosto é o mês mais cruel. Trata-se de um juízo, digamos, funcional.

O momento atual lhe transmitia a impressão de que todos haviam se envolvido em contraproducentes bravatas, frente a múltiplas emergências que exigiam respostas cada vez mais imediatas, quando inevitavelmente quase só a cabeça vencia, com sua visão minúscula, mesquinha, interesseira.

Também era sintomático o predomínio do cinismo pesado, da agressividade súbita e descontrolada e a manifestação irrefletida dos preconceitos. Cada época oferece seus desafios e, agora, o mundo estava cada vez mais veloz e superficial, e o mundo dele não fugia à regra. Estava cada vez mais tomado por inquietações metafísicas, como se pudesse estar criando realidades paralelas, mas invisíveis como a ideia de um outro presente dentro da multiplicidade do tempo interno, desmembrado, rearranjado. Mas era algo ainda mais abrangente. Tinha a ver com a ideia do mestre que alcança uma forma particular de existência, de ter sido separado, elevado, escolhido. Ungido por Deus.

Dava-se conta do quanto mudara, de como sua vida mudara. Sentia-se forte, mesmo que cada vez mais estivesse exposto aos conflitos e a poderosas reprimendas, tanto externas como internas. Sua trajetória tanto o assustava quanto o encantava. Abandonara abruptamente um caminho e iniciara outro completamente despreparado. Mas sobrevivera. E seguia em frente. Às vezes persuasivo e convincente; em outras, irônico ao extremo.

Tinha planos bem-intencionados. Conscientizara-se de que

teria de passar por aquela fase, completá-la de maneira paciente e indulgente – embora sempre tolhido por inúmeras e inúteis circunstâncias. Suas referências ainda eram as religiosas.

Identificava-se com o Paulo. A tradição cristã sempre lhe fora uma boa provedora, uma fonte inesgotável de exemplos inspiradores. Via-se agora como Paulo, o iluminado na estrada de Damasco, que também fora tocado de modo arrebatador e inesperado. Ele via semelhanças de maneira forte. Mas isso não era tudo: via também semelhanças circunstanciais.

Paulo foi inserido em meio ao Cristianismo nascente, num momento crítico e de impasse.

Nos seus primórdios, depois da ascensão de Jesus, tudo ficou por conta da liderança e autoridade de Pedro. As coisas pareciam seguir na direção errada, pois Pedro se equilibrava entre a ruptura e a conservação da tradição judaica sem atentar para sua incompatibilidade. Seu gênio irascível e sua conduta radical não lhe permitiam explorar o potencial daquela nova ordem, cujo objetivo principal era evangelizar, expandindo a boa-nova de maneira abrangente e eficaz.

Os evangelhos não confirmam, mas, em uma quase encruzilhada, Jesus tenha arregimentado Paulo àquela altura da história. Prevaleceu Paulo e, por sua influência indiscutível, o Cristianismo pôde desvincular-se da pesada tradição judaica, com suas exigências e costumes impraticáveis para culturas tão diferentes, nas quais se mostravam inaceitáveis, e eram rejeitadas.

Paulo não se perdia em controvérsias. Sua mensagem era simples e clara. Falava de Jesus, de sua poderosa e persuasiva boa-nova, deixando de lado exigências que Pedro antes privilegiava e até impunha, incluindo-se a circuncisão e até determinados hábitos alimentares.

Paulo foi um exemplo de objetividade e determinação e, por isso, nele ele se inspirava. Recorria a suas cartas e, através delas, estudava seu método prático e eficiente de martelar a mesma coisa, mas em constante renovação, repetindo-se num nível alto a ideia central, variando a forma, nunca o conteúdo, priorizando a conversão dos pagãos. Era o que tinha que ser feito. Uma ordem de Jesus.

E quanto a ele? O que priorizava em todas as oportunidades? Priorizava também a divulgação do advento de uma nova ordem que se avizinhava e a qual seria necessário a todos conscientizar. Não abandonara sua missão em nenhum momento. Sempre encontrava também um outro modo de dizê-lo. Confiava que, em algum momento, a cegueira seria vencida e a verdade desagradável seria aceita. *Será?* Muitas vezes duvidava. Entretanto, mais à frente, contrariando a inspiração de Paulo, acabou por dar uma guinada radical que, embora não fosse totalmente imprevisível, não deixou de surpreender. E que teve sérias consequências.

•••

Muitas coisas já haviam se passado. Naturalmente seria desnecessário reconstituir todos os acontecimentos de como se desencadeou aquela estonteante realidade. Muita coisa foi acrescentada ou inventada, certamente de maneira injusta, mas a essência é esta: sua obsessão em divulgar sua excêntrica tese sobre Satanás, transformando aquele ofício numa extensão de sua existência. Atitude que permitiu aos seus críticos enquadrá-lo em gêneros imprecisos, mas de fácil definição, que se foram acumulando e o atropelaram finalmente.

É da natureza humana o interesse, movido pela curiosidade mórbida, por uma pessoa que insiste em defender uma causa difícil de sustentar, envolvendo questões religiosas, e que sempre gera reações ambivalentes, seja de repúdio ou veneração. Entretanto, não se poderia negar que ele procurou por essa reputação de ser visto de um modo que não era verdadeiro. É evidente que as coisas se tornaram mais complicadas que o previsto. Ele ficou sempre a reboque dos acontecimentos. Além disso, já era hora de parar; no entanto, numa conduta temerária, construiu uma trajetória conturbada, adotando uma linguagem combativa e de provocação. Ignorou todos os sinais. Nem mesmo sua religião conseguiu exercer uma influência moderadora, muito menos lhe serviu de freio. Quando o padre de sua igreja o advertiu contundente, ignorou o pedido. Simplesmente sorriu, levantou-se e saiu. Passou a frequentar outra paróquia.

Essa fase merece um resumo e alguns comentários.

•••

Nessa altura, depois de sua estreia titubeante, recebia um número incomum de solicitações de entrevistas e participações em encontros que começaram em pequenas salas, mas que ganhou proporções, passando a encher anfiteatros. Chegou mesmo a organizar passeatas, seguindo à frente, organizando a marcha e ganhando a cada dia expressão mais confiante, conquistando milhares de correligionários. Tinha um compromisso e ousava defender e divulgar suas ideias de modo insistente, mesmo encontrando obstáculos e sofrendo toda sorte de ataques. Assemelha-se à coragem de quem não vê o perigo. Ou de quem nunca olha para frente nem para trás.

Foi nesse ponto que começou a enfrentar um novo conjunto de estereótipos – o que mostra como, mesmo a fama negativa, a fama ruim desafia e dobra até mesmo os ideais mais sublimes. É bom lembrar que só se pode estimular algo em nós quando já o temos internamente, por mais latente que seja. O fato é que não resistiu à excessiva exposição e foi nesse veneno que ele refinou seu ressentimento, acabando por sucumbir. Não conseguiu ao menos evitar boa parte das vulgaridades que a fama traz, embora toda a representação tenha sido afetada pelas circunstâncias. É que agora, talvez, já considerasse tudo como provação, um predestinado ao martírio pela salvação do mundo.

Nesse sentido, as coisas só pioravam. Perdeu seu instinto natural de autopreservação. Deve ter percebido estar sob vigilância feroz. Acuado e se sentindo pressionado, numa resposta instintiva e reflexa, não teve saída. Reagiu desproporcionalmente. Perdeu a ternura e contra-atacou.

De uma só vez, retirou todos os coelhos da cartola. Fez todas as apostas simultaneamente, como um jogador bêbado querendo intimidar a banca. De certa forma, provisoriamente, conseguiu amenizar aquela selvagem campanha. Mas também aconteceu de ouvir propostas impraticáveis que ainda mais o perturbaram, melindrado pela inaceitável negação daqueles que não compartilhavam com ele a mesma convicção.

Queria unanimidade. Toda ficção será verdadeira na proporção do conhecimento ou da consciência do ficcionista sobre ela.

Estava preparado. Tinha agora sensibilidade para farejar oportunidades na mídia e habilidade para tirar todo o proveito que conseguisse.

Acreditava, a essa altura, que deveria ser tão grande quanto a quem devia honrar e servir, como se descrevesse, de forma heroica, a condição sobre-humana para buscar alguma coisa que superasse sua limitação natural. Um Dom Quixote a pelejar a eterna batalha com o impossível.

Era exatamente a impossibilidade dessa realização que o movia. Também poderia ser definido como uma tentativa de liderar das sombras, com as forças das sombras.

Ele estava doente. E o mundo também. Parte dele o acolhia abertamente, o que lhe dava sustentação. Mesmo que transmitisse uma versão cada vez mais fragmentada e aleatória, paradoxalmente, agradava. O que demonstrava sua habilidade para materializar o drama que lhe interessava propor.

Chegou a pregar com a ameaça do inferno e isso também funcionou. Vivia um pavoroso delírio de ruína, misturado com um sentimento de vingança. O irracional predominando sobre a sensatez. Seu mais delicado protetor de toda a sua vida – o senso de limites – parecia ter se tornado inoperante. Eis a comprovação de que as ilusões e a fantasia tinham substituído seus ideais e seus mais legítimos sonhos. Tão distraído e envolvido em si próprio, tão obcecado por seu brilho pessoal, numa apologia da vida livre e desregrada, pulsante e contagiante em seu derramamento irresistível e sedutor, promovia seu avanço resoluto.

A sua perspectiva atual era mais ampla se comparada com seu passado, que não passava de um espaço vazio. Por causa de tamanho assédio, tinha a sensação de quem não tem nenhum controle, o que produzia uma ansiedade enorme, mas que permitia a adoção de atitudes controvertidas e cada vez mais excêntricas, e de falar sem pensar, sobre histórias nunca contadas antes. E a elas imprimia sua assinatura. Cada vez mais narcisista e consumido por autorreferências, dedicava-se a iluminar o mistério dos justos, homens escolhidos por Deus para evitar a destruição do mundo, e observado sob os holofotes, travando uma *jihad* contra Satanás.

Aliciar, seduzir e emocionar, tudo exige um tremendo esforço. Mas estava alimentado pela raiva com toda sua pujança demolidora. Inexplicavelmente ele preferiu optar por este caminho, o que ampliou a ferocidade de seus críticos. Deixou também seus adversários em êxtase durante aquela temporada de tolices. Quase acabou devorado num ritual macabro de linchamento moral. Mas resistiu. Conseguiu manter o clima violento e continuar a apresentar o mal aonde quer que fosse ou estivesse, francamente desdenhoso da própria atuação forçada para continuar a dar o seu espetáculo à medida que o discurso se rarefazia e empobrecia.

Foi considerado, em certos círculos, principalmente entre seus correligionários, uma fortaleza, como também um profeta visionário; em outros, apenas um incendiário que deveria ser preso. Ou simplesmente ignorado. Contudo, analisando mais de perto seu eu caótico, percebia-se que ele era perturbador e psicologicamente perigoso. Que deveria ser silenciado. Ou contornado. Em outros meios mais esclarecidos, permanecia uma piada. E era a esses que impiedosamente ele reagia.

•••

Toda opção tem um preço e, quando se ignora esse fato, acaba-se refém das circunstâncias. As reivindicações que uma pessoa faz em segredo à vida tendem a ser frustradas, em especial devido a seu caráter absolutista e rígido. Ainda que sua dimensão esteja distante da irrelevância, ela tinha seus efeitos atenuados pelo ambiente que a circunscreve – um mundo descrente. A novidade consiste na escalada das suas manifestações públicas consideras irresponsáveis, que pesaram como sombra inseparável a cada dia, pelo resto de sua vida. No entanto, sua conduta atual – com suas catárticas manifestações de sentimentos represados – deveria ter lhe servido de alerta. Ou ameaça. Ou incentivo para jogar mais limpo. Noções que constavam de seu repertório. Sua vida pregressa o atestava.

Infelizmente, não soube absorver em proveito próprio; era agora um criador louco de seu próprio destino. Provavelmente uma compensação. Passou a vida toda à espera de uma transformação. E agora tinha tudo potencializado, enfrentando ambiguidades no terreno fértil que o universo religioso e espiritual proporcionava – podendo brincar com oposições, com figuras de fundo, abstrações e mesmo testar os limites da loucura.

Estava caminhando sonâmbulo na direção do abismo. Era já o final, mas para ele parecia o auge. Ainda assim, Deus nunca deixou de olhar para ele.

Certo dia, acordou mudo. E isso mudou tudo. Teve a força de uma experiência mística que lhe calou a voz, lhe tirou a fala, mas abriu os seus olhos. A realidade lhe foi escancarada. Viu-se como de fato era: um fantoche de Satanás.

As bênçãos acontecem quando não mais se espera por elas, até mesmo quando não mais se pensa nelas, mas sempre quando mais se depende delas.

Um novo registro em deu diário:

> *Algo se passa, e esse algo tênue, misterioso, talvez forme a chave para o entendimento. Esse é o fim ou um novo começo? E o que aprendi? Meus cálculos diziam que tudo estava sob*

controle, mas não há como negar que criei muita confusão nos bastidores. Não me condeno. Sei que esse não foi o problema. O motivo foi outro.

Fiquei preocupado em entender Satanás, sem demonstrar preocupação em sair de sua sombra. Optei em conviver com um inimigo que parecia muito me servir e, ao mesmo tempo, como que em sua defesa, expus ao mundo as suas vulnerabilidades, usando a estratégia de dar à sua imagem a mais humana possível. Talvez, em função dos excessos, parte se transformou em gratificações. E também quando busquei obter recompensas, me frustrei por não encontrá-las em Satanás.

A resolução foi pessoal, mais do que por razões de princípio. Essa cumplicidade fez com que eu ignorasse todos os sinais. O fato é que compreendi a beleza inerente do ajuste em andamento. E isso começou bem antes, já no começo. Aceita a contradição, torna-se impossível insistir que se tratava apenas de uma fonte. Transformei-me também em seu advogado. Sempre tive atração por personagens rebeldes e desajustados, malditos e amaldiçoados, cruéis e danificados. Essa atração inclui a compreensão não só de seus infortúnios, mas das suas dificuldades e dores. É uma sensação profundamente negativa de não fazer sentido. Os melhores conseguem dar uma cara diferenciada a isso. Mas a maioria só copia.

Para me proteger, meu Deus veio em meu socorro. Me silenciou completamente. Talvez por estratégia. É o script tradicional como tantos exemplos mais: em seguida a glória mundana de novo ao chão. Agora só me resta o arrependimento. É a confirmação da minha missão. Só posso ver como graça.

O ANJO DO SENHOR

Como diz o axioma de Shakespeare: o mundo é um palco e todos somos atores neste drama, para o qual não fomos convidados e no qual temos um momento de entrada e outro de saída que, para nossa angústia ou felicidade, não sabemos quando vai ocorrer. Cenas se sucedem sem que nada nos prepare para o que estamos vivendo. Em suma, não se pode ficar indiferente. O mal-estar, como todos nós acabamos infalivelmente descobrindo, não tem objeto, e por si próprio se sustenta.

Era fim de agosto agora. Em face à sua mudez, isolou-se em sua casa. Desligou o telefone, também o computador. Dava adeus a entrevistas e poses. Buscava fazer a sua parte no rompimento daquele círculo vicioso, nos vários âmbitos que nele pudessem se inserir. Precisava se curar, refletir. Após tantas confusões e reviravoltas, buscava um porto seguro.

Descansar em segurança, refazer-se para seguir adiante. Apesar dos pesares e das contrariedades, estava próximo o momento da conclusão. Nesse ínterim tinha um árduo caminho para ver as coisas com maior distância, com o devido afastamento, evitando questões complicadas, preferindo deixar todo o absurdo restrito, abordando somente o essencial, ciente de que não estava mais no auge e nem sabia mais o que fazer.

Seu intuito era agradar a Deus, mostrar-se obediente, mas ao mesmo tempo manter-se numa observação passiva em busca de uma integração bem-sucedida. Observa com um olhar inteligente sua trajetória, esquadrinhando seu passado recente e também mais atrás, enquanto analisava com frieza seu eu caótico, mas sem se prender pelo conceito estreito de certo e errado.

Gradativamente evoluiu para interrogações acerca de sua existência e suas circunstâncias, tentando entender como a noção do real era representada nos dias atuais.

Um questionamento sobre o que adquirimos no contato com o outro e o que nos é verdadeiramente inato. Refletia sobre esse esvaziamento de referências, mas sempre atormentado por dúvidas sobre si mesmo e, ao mesmo tempo, indulgente consigo mesmo. Tinha consciência de que há retrocessos e avanços, e que é sempre assim. Muitas coisas se passam à sombra, positivas e negativas. Faz parte da vida. Mesmo para uma vida consagrada a Deus e orientada pela religião, quando até se sofre mais por temer dar o passo seguinte no sentido de sua transformação.

Essa é uma maneira de ver simples, em sua compreensão imediata, valorizando a figura dos espiritualmente produtivos, com outras implicações e interpretações. Sempre há algo a mais para ser descoberto. Daí talvez se tenha que recorrer ao olhar dos que se acham mais adiante e que podem ver melhor.

Vivia ensimesmado, alimentando-se frugalmente. Lendo a bíblia e dedicando-se à oração. Como contraponto, lia Shakespeare, com seus personagens trágicos, recheados de contradições. Existe algum conceito novo?

Estar só pode ser uma boa companhia, embora seja um mau inimigo para se ter. Mas era importante reconhecer que esta não era uma fase polarizada como a que a antecedeu. Estava agora também interessado em si mesmo – sobre a magnitude dos seus feitos, numa narrativa interna suplementar – e nas motivações externas reais, como um historiador e também como um psicólogo. Percebia agora que os motivos para esconder sua identidade também evoluíram.

No afã de entender e definir suas problemáticas relações com o presente, analisava tudo com olhos emprestados da infância quando fora um observador atento, um ouvinte interessado, curioso, mas negligenciado pela própria desimportância da infância. Gostaria de ter desfrutado das virtudes e até dos defeitos da família e deixar esquecidas as críticas recebidas que poderiam ser verdadeiras, mas que ninguém as recebe de bom grado.

Tantas lembranças lhe ocorriam, de como invejava as pessoas confiantes sobre o que queriam ser no futuro, como algo fundamental para o exercício do pensamento e da criatividade, ainda que discutíveis, pois elas não carregavam sobre os ombros os mesmos infortúnios. Mas que acabaram por dotá-lo de um olhar pouco conivente com a mediocridade das pequenas vidas.

De como fora obrigado a amadurecer à custa de circunstâncias violentas, embora fosse frágil, como todos somos frágeis, mesmo que a educação nos ordene ser inflexível.

Revia as rupturas que fincaram marcos em suas malogradas tentativas de virar um ente invisível as quais criaram raízes e que até hoje são tão recorrentes.

Manifestações de afetos contidos, diálogos inconclusivos, sem palavras tranquilizadoras ou encorajadoras nos períodos mais tumultuados das transições, tudo o fazia se sentir estranhamente fora de casa.

Mas ainda resta de tudo isso um resíduo que continua a funcionar como veneno, abastecendo a incerteza que precisaria se manter em seu interior, sem expressá-la e sempre conturbado pelo pânico indissociável.

Depois, a constatação de que o mundo lá fora também era um lugar horrível, alheio, indiferente aos seus ideais, enquanto via em sonhos o anjo do Senhor pairar sobre ele, batendo suas asas, com o olhar sombrio, demonstrando a impossibilidade de resgatá-lo daquela autodestruição e infelicidade.

Uma lembrança desenrola o novelo, esclarece, põe luz, mas isso é apenas parte do mistério. Encontrou tantas coisas interessantes nesse sentido só que os resultados se apresentaram quase sempre fugidios. O espetáculo recente guardava ainda alguma contundência, embora sua resposta emocional estivesse já mais atenuada – o que lhe permitia prosseguir escavando o seu modesto passado.

Quando suas forças fraquejaram e a paisagem tomou ares de ruína, passou a fazer escolhas menos arriscadas, já devidamente testadas pelos que já haviam se entregado, cujo pré-requisito exigia um desempenho repleto de frouxidão dissimulada.

Tornou-se apático, entediado, preso a um eterno presente pegajoso. Passou a se concentrar, sobretudo, nos detalhes: gestos, padrões, informações que pipocavam de todos os lados, mantendo o entorno sempre vigiado, deixando sua própria vida de lado. Transformado, encontrou em cada lição de vida, às vezes banal, uma reafirmação para sua maneira de olhar o mundo e evitar as pessoas. Um desajustado, enfim.

Nada fez de grandioso. Nem em aparência aprendeu muita coisa sobre a vida. A diferença é que nunca mais sua visão do mundo deixou de ser filtrada pela desesperança e pelo negativismo. O homem contra si mesmo é o desencontro fundamental, o desperdício da energia sublime para a afirmação pessoal e paixões elevadas – o que minou seu futuro repetidas vezes, garantindo uma visão caolha e claustrofóbica embora nunca se tenha tornado um fardo. Também nunca se transformou num modelo ou numa fonte de inspiração. E para piorar, sempre voltava ao começo quando chagava próximo ao final de alguma coisa – como agora.

•••

Setembro chegou. Estava próxima a hora da verdade e de novamente entrar em cena (desta vez, a pedidos). Seu vínculo natural estava consolidado, o que de qualquer modo lhe parecia uma atitude arrogante e mercenária, mesmo que a justificativa fosse nobre e sagrada. Sentia-se constrangido e ainda despreparado.

Contudo, vivemos uma época de recrudescimento de fundamentalismos e o que estava por acontecer desaguaria ali, uma vez que não ofereceria uma resposta única. Conteria elementos trágicos e seguiria por um longo tempo sem solução quando o anti-Cristo viria a trair-se para servir o objeto de sua devoção. Esta nunca será uma proposição simples, em especial para ele que via a real grandiosidade do momento.

Nesse enorme e perigoso desequilíbrio, estaria o cerne do problema. A condição traumática dos eventos e a dificuldade de representá-lo simbolicamente, quando a velha ordem de repente entrasse em colapso e outra passasse a ocupar o seu lugar, dificultariam a reação, adiando as decisões até que a beirada do desespero obrigasse a tomá-las. Sem coordenação e até sem liderança, não seria o caso de estranhar que esse evento gigantesco embotasse um olhar mais objetivo do grosso da humanidade. E a ideia de que alguém como ele, um personagem autocentrado, imperioso e errático, pudesse reverter a situação, poderia apresentar-se absurda e inaceitável.

Não havia opções, e justo num momento em que a noção de morte injustificada seria algo ainda mais intolerável. Caberia só a ele vestir o manto de líder salvador carismático. E, pelas suas mãos, reconduzir todos para o caminho estreito do reino de Deus. Como todo ditador messiânico se propôs a isso um dia.

•••

Os dias foram passando, sem qualquer novidade. Até que numa noite, ele acordou sobressaltado com as mesmas sensações daquela inesquecível madrugada de terça-feira. Mas o zumbido de fundo foi agora imediatamente identificado. Era sem dúvida o bater das asas do anjo do Senhor pairando sobre sua casa. Permaneceu na cama com o coração acelerado. Mesmo sem vê-lo, era impactante sabê-lo ali. Por fim, supondo ser a atitude mais correta, gritou bem alto: *EU SEI*. Tudo se aquietou como que num passe de mágica. Deu-se conta de que tinha recuperado a fala.

Ao amanhecer, ligou o computador. Estava lá anunciado: dois acontecimentos inexplicáveis ocorridos duas noites atrás: num complexo prisional da Alemanha, 324 encarcerados haviam sido encontrados mortos. No norte do México, 111 crianças tiveram o mesmo destino. No primeiro caso, a causa das mortes estava sendo atribuída a um suposto vazamento de gás. No segundo, havia suspeita de intoxicação alimentar. E não havia ainda hipótese alguma de correlação entre os dois fatos. Para ele não restava dúvida: a colheita final havia começado.

Este livro foi impresso em papel Offset 75 g/m².

A fonte utilizada no miolo é Adobe Garamond Pro, corpo 11,5/15,5